SILVIA CINTRA FRANCO

AVENTURA na FRANÇA

Ilustrações de Ivan Zigg

Coleção Jabuti Aventura

1ª edição
Conforme a nova ortografia

Editora Saraiva

Editor: ROGÉRIO GASTALDO
Assistente editorial: KANDY SGARBI SARAIVA
Secretária editorial: ANDREIA PEREIRA
Suplemento de trabalho: ROSANE PAMPLONA
Coordenação de revisão: PEDRO CUNHA JR. E LILIAN SEMENICHIN
Gerência de arte: NAIR DE MEDEIROS BARBOSA
Supervisão de arte: ANTONIO ROBERTO BRESSAN
Finalização de capa: ALEXANDRE RAMPAZO
Projeto gráfico: ROSANGELA C. LIMA
Diagramação: ROBSON LUIZ MEREU
Impressão e acabamento: RENOVAGRAF

Dados Internacionais de Catalogação na Publicação (CIP)
(Câmara Brasileira do Livro, SP, Brasil)

Franco, Silvia Cintra
Aventura na França / Silvia Cintra Franco ; ilustrações de Ivan Zigg. — São Paulo : Saraiva, 2003. — (Coleção Jabuti)

ISBN 978-85-02-04230-8

1. Literatura infantojuvenil I. Zigg, Ivan. II. Título. III. Série.

03-0049 CDD-028.5

Índices para catálogo sistemático:

1. Literatura infantojuvenil 028.5
2. Literatura juvenil 028.5

Editora Saraiva

SARAIVA Educação S.A.
Avenida das Nações Unidas, 7.221 – Pinheiros
CEP 05425-902 – São Paulo – SP
www.editorasaraiva.com.br

Tel.: (0xx11) 4003-3061
atendimento@aticascipione.com.br

CL: 810156
CAE: 603335

Para Tommy, meu sobrinho e companheiro de tantas aventuras • Beth Borges, in memoriam

Capítulo 1

Crec. A correia da bicicleta saltou dos dentes da roda, o pedal passou a girar em falso, a bicicleta perdeu velocidade e Maria Lúcia, a Tuca, precisou desmontar da magrela para não cair.

Tuca respirou fundo, deixando entrar nos pulmões o ar recheado de sabores dos vinhedos e da uva rosada da região onde se produzem os melhores vinhos brasileiros. Ali os dias são quentes, as noites frias e da terra brotam cachos de uvas de cores e aromas diversos, embriagando o ar de delícia e a boca de água.

A menina estudou a engrenagem. A correia havia travado porque ela mudara de marcha em plena subida. E lá estava ela, a corrente, desafiadora e cheia de graxa, emperrada na roda de trás.

Tuca procurou nos bolsos um lenço, um pano que lhe permitisse pôr a mão na graxa sem se sujar. Não tinha. Coçou a cabeça por entre os vãos do capacete de ciclista. O pessoal vivia zombando dela e de sua turma porque eles usavam capacete. Ora, por isso eram ciclistas e não bicicleteiros!

A garota abriu a mochila procurando o lenço. Achou o que precisava, branco e limpinho – um guardanapo –, embrulhando a torta de frango que ela trouxera para o piquenique com Marcelo e Bia. Sujar aquele pano também era demais. Não dava para deixar a torta douradinha e tão cheirosa jogada na mochila, se batendo e esfarelando contra as coisas que ali se sacudiam: a escova de cabelo, o lápis de olho, o brilho para os lábios, a carteira, o diário, sei lá o que mais.

Portanto, ela ia ter que se sujar inteira de graxa por conta daquela distração. Como se não soubesse que não se troca de marcha em meio a uma subida ou uma descida. A culpa não era dela, mas daquela ideia fixa que não a deixava: a viagem para a EuroDisney e o passeio de bicicleta no sul da França! No colégio só se falava disso. Mas seus pais já tinham avisado: ela não iria, porque não havia dinheiro...

E Tuca não se conformava. Quer dizer, havia momentos que sim, ela compreendia as razões dos pais e as aceitava. Mas era só chegar no colégio e ouvir os amigos falando da viagem, contando que iriam e, chuá, lá se ia por água abaixo toda a resignação e subia no peito uma onda de revolta e rebeldia. Ela era boa aluna, super-responsável, ouvia os pais, e o que é que ela ganhava? Um não, não pode. E nesse momento brotavam ideias loucas, malucas, que iam desde fugir de casa até se meter em drogas ou engravidar. Claro que ela não pretendia fazer nada disso, mas, quando ela se sentia encurralada e contrariada, era difícil não pensar em alguma besteira.

Tuca tinha quinze anos. Seus cabelos eram compridos e escuros. Era alta, nem gorda nem magra. Gostava de sorvetes e Matemática. Pretendia estudar Administração de Empresas quando crescesse e trabalhar numa fábrica de sorvetes, para unir o útil ao agradável. E ganhar seu próprio dinheiro para fazer o que quisesse sem depender dos pais.

Com um suspiro, preparou-se para meter a mão na graxa. Sujando os dedos e a mão, conseguiu desprender a correia do lugar onde estava enroscada. Depois limpou as mãos com a terra das parreiras, aquela que fazia brotar a uva que o pai vendia para as produtoras de vinho e que pagava os estudos dela e do irmão, as contas da casa, do supermercado, as roupas e tudo o mais. Tudo não, quase tudo, porque a mãe trabalhava fora e era o salário dela que segurava a família quando a colheita não era boa.

Terminado o reparo, a ciclista tomou um gole de água da garrafa que trazia na bicicleta. Ajeitou o capacete e voltou a montar a *bike*. Com esforço venceu a ladeira e de lá soltou-se morro abaixo ao encontro de Bia e Marcelo.

O que ela e a turma mais gostavam era de um passeio de bíci de dia inteiro. Sair de manhãzinha no sábado, com o sol nascendo, e pedalar, pedalar, parando aqui e ali para ver uma paisagem legal, tomar um gole d'água, comer um chocolate ou uma fruta, até a hora de abrir o farnel de piquenique sob a sombra de uma árvore grande e frondosa.

Quando Tuca se aproximou do ponto de encontro, pôde ver que Marcelo já havia chegado e gesticulava feito um louco. O que tinha dado nele?

– Adivinha, adivinha o que eu ganhei? – gritava o rapaz para a amiga.

Para Marcelo estar naquela alegria toda, ele devia ter ganhado uma guitarra elétrica nova. O sonho do amigo era ser roqueiro. Tinha aulas de guitarra e pensava em ser músico, embora já tivesse confessado para as amigas que seu maior medo era não conseguir viver de *rock*. Os pais eram médicos e diziam que música não dava dinheiro.

– Melhor do que guitarra nova, Tuca, muito melhor. Pensa um pouco, menina, o que é que eu mais quero agora, aliás, o que nós mais queremos?

Tuca pôs a mão na boca. Não era possível, Marcelo tinha conseguido! Ai que inveja!

– A viagem de bíci na *Provance*? – perguntou, caprichando na pronúncia da palavra francesa.

– Acertou! Meus pais me deram de presente! Imagine só, passar o dia inteiro pedalando, que legal! E ainda ir para a EuroDisney.

Tuca deu um abraço no amigo. Que sorte a dele.

Marcelo tinha a mesma idade de Tuca. Mais alto que ela, de cabelo curto, espetado, era muito bom nas pistas de *bicicross*.

Bia chegou pedalando furiosamente.

– Você está atrasada! – reclamou o menino para a prima.

– Mas foi por justa causa! – protestou ela. – Meus pais finalmente resolveram e, adivinha?, vou para a EuroDisney e para o passeio de bicicleta!

– Você também? – exclamou Tuca, com a voz fraquejando. Então, só ela não ia...

Na cabeça de Tuca brotou com força o cenário terrível de umas férias tristes, solitárias, sem os amigos. Eles se divertindo na EuroDisney e ela sozinha em casa. Justo ela, que não suportava solidão, receava acabar sozinha, sem amigos, sem um amor para compartilhar com ela as coisas boas e ruins da vida. Seus olhos se encheram de lágrimas.

– Vamos dar um jeito nisso, Tuca, porque sem você o passeio não vai ter graça – declarou a amiga.

Bia tinha a mesma idade de Tuca, seus cabelos eram claros e vivia em guerra com as dietas. Os pais eram separados e ela morava com a mãe, advogada. E como Bia detestava injustiça, Direito era a sua primeira opção de carreira.

– Você devia comprar o presente do Dia das Mães no *shopping* – comentou Marcelo, lembrando do sorteio de uma viagem à França, com direito a EuroDisney e passeio de bíci, promovido pelo *shopping* entre os que comprassem numa de suas lojas.

– Ei, por que não compramos nossos presentes lá? – comandou Bia. – Quem ganhar passa o prêmio para a Tuca.

Tuca era sua melhor amiga. Estudavam na mesma classe, faziam as lições juntas. Eram unha e carne.

– É isso mesmo! Imagina a gente entrando num daqueles castelos que nós vimos na internet! – exclamou Marcelo.

Na véspera, a turma havia se reunido na casa de Bia para pesquisar sobre a Provence. Pesquisaram diversos *sites* e descobriram coisas fantásticas. Viram fotos de castelos da Idade Média, pontes com mais de dois mil anos, campos coloridos de alfazema...

– Fico pensando numa batalha nesses castelos, ficar atrás de uma seteira, com a flecha no arco e, zaz, zaz, atirar em cima dos invasores! Uau, será que eles também jogavam azeite fervendo lá de cima? – dizia Marcelo, fascinado com a fortaleza que é o Palácio dos Papas, na cidade de Avignon, em plena Provence. A mãe de Bia, que havia estudado em colégio francês, tinha dito que se pronunciava *avinhon*. – Gente, isso sim é que é *viagem*!

As meninas se entreolharam ao ouvirem a palavra *viagem*.

– Alex tinha de estar nessa conosco! – suspirou Bia, limpando uma lágrima furtiva. Sempre que se falava de Alex, uma saudade e tristeza grande batiam forte na turma. Pelo menos Marcelo se salvara e estava bem.

Alex havia se metido com drogas e tentado convencer o resto da turma a aderir àquela *viagem*. Foi aí que o grupo andou meio dividido. Tuca não se interessara. Os pais tinham conversado com ela, que sabia que as consequências não eram legais. Preferia as emoções fortes de viver plenamente a vida. Mas ainda assim fora difícil dizer não. É duro dizer não aos amigos, à turma da gente... E o medo de ser rejeitada, abandonada por eles? Bia estava fazendo na época um tratamento para obesidade e respondera que já estava tomando muita "droga de remédio" e não ia se complicar com mais aquilo. Preferia se exercitar, correr, andar de *bike*. Marcelo decidiu experimentar. Começou com maconha e rapidamente passou para outras mais pesadas. No início sentia uma sensação de poder e alegria tão grandes que nem fome e sono tinha. Depois começou a sofrer de ansiedade, pânico e taquicardia. Quando deu por si, estava perdendo os amigos, tirando más notas, tocando mal e furtando dinheiro da carteira dos pais. Caiu em si e começou o tratamento com o apoio da turma e da família. Mas Alex continuou por aquele caminho, fugiu da clínica de tratamento, andou pelas ruas e finalmente morreu de *overdose*. Justo ele que era o mais divertido. Ele iria amar aquela viagem de *bike*...

– Olha só o que eu achei! – Era a vez de Bia clicar sobre a foto de um aqueduto romano enorme, cheio de arcos. – Gente, não acredito, esse aqueduto tem mais de dois mil anos!

Mas para Tuca, que era bem romântica, a melhor parte da Provence não eram os castelos nem os aquedutos, mas a descoberta de que as primeiras canções de amor haviam nascido naquela região.

– É na Provence que eu vou morar! – anunciara.

A professora de Português havia explicado que o romantismo, esse que se vê no cinema, nas novelas e na literatura, teve origem na Idade Média, na região da Provence. Era por ali que perambulavam os trovadores com suas flautas e alaúdes, de castelo em castelo, de feudo em feudo, declarando em lindas canções seu amor às suas amadas,

divertindo nobres e camponeses com suas músicas e números de circo. Na verdade, tudo o que a turma mais queria era *bicicletar* entre castelos, cidades medievais, vinhedos, cerejeiras e campos floridos de alfazema, cheirando deliciosamente em cores azuis, vermelhas e amarelas.

– Não sei quem me disse que tem uma cidade linda, perto de Avignon, com uma feirinha bem legal. O nome é Saint-Rémy... – comentou Tuca num suspiro triste. Ela já havia pedido aos pais aquela viagem, nem sabia quantas vezes. Dona Sueli, que era funcionária pública, respondera que não tinha aumento de salário há muito tempo e não havia como dar essa viagem à filha. A menina decidiu falar mais uma vez com o pai. Iria propor que a viagem fosse seu presente de aniversário junto com o de Natal, Páscoa e de todos os outros aniversários. Se precisasse, o de formatura também... Era o que ia fazer assim que voltasse do passeio.

– Vamos começar esse passeio logo, porque eu tenho hora para estar em casa – avisou Bia. – Minha mãe só pode ficar com o ovo-bebê até as duas da tarde!

Os três se entreolharam com um olhar de resignação e entendimento.

– Não sei o que eu tinha na cabeça quando topei esse compromisso com a professora de Ciências! – explodiu Marcelo. – Não vejo a hora desse inferno acabar. Quase que não venho hoje porque não tinha com quem deixar meu bebê! Deixei com o zelador do prédio.

– Com o zelador? Eu jamais deixaria um filho meu com o zelador. O meu bebê, eu deixei com meu pai, porque não dá para contar com meu irmão, e mamãe foi trabalhar – contou Tuca.

– Pelo menos, para nós, isso vai acabar – comentou

Bia, pensativa –, mas para Regina, não. Ela bem que gostaria de ir para a França, mas não pode por causa do nenê.

O ovo-bebê fora um compromisso firmado entre a classe e a professora de Ciências, Cleia, depois que Regina, que também era da turma, engravidou. Foi a primeira perda do grupo, que no início contava com mais gente do que apenas os três que faziam o passeio. O compromisso consistia em entender o que significa ter um filho, enquanto se é adolescente e em idade de estudar. Cada menino e menina da classe deveria colocar um ovo numa caixa de sapato, forrado de algodão, e, durante um mês, tratá-lo tal como se fosse seu bebê: visitá-lo a intervalos regulares (como se fossem dar de mamar ou trocar fralda), não deixá-lo sozinho e providenciar que alguém cuidasse dele quando não pudessem estar por perto ou levar consigo. Foi assim que a classe compreendeu o que Regina estava vivendo: uma vida com as responsabilidades de uma mulher madura e adulta, quando ela ainda era uma adolescente e tinha tanta novidade e aventuras por viver.

Os três começaram o passeio pedalando pelo caminho de terra, sombreado por árvores e coalhados de vinhedos. Tuca sentia no rosto, nos braços e nas pernas a sensação deliciosa do vento refrescando a corrida, aliviando sua angústia e sua aflição. Ela tinha de dar um jeito, não podia perder essa viagem!

Capítulo 2

Luca chegou do passeio de bicicleta e foi direto falar com o pai, que estava trabalhando na sala de jantar. Sobre a mesa, em volta e em cima da caixa do ovo-bebê, havia uma quantidade enorme de gráficos, planilhas de custos e folhetos técnicos. Ayrton era proprietário de uma área de terra onde plantava a uva que vendia para as vinícolas produzirem o excelente vinho da região.

– Pápi, os pais de Marcelo e Bia vão dar para eles a viagem para a EuroDisney – disse a menina depois de lhe dar um beijo e retirar uma planilha de cima da caixa do bebê. Ayrton fez um aceno ocupado com a cabeça. – Só eu é que não vou. Não é justo!

O pai deixou o que estava fazendo, tirou os óculos e encarou a menina.

– Minha filha, nós já conversamos sobre isso. Sua mãe e eu gostaríamos de poder lhe dar essa viagem, mas este já é o terceiro ano que as vinícolas não compram toda a nossa produção...

– Pápi, será que a gente vai passar a vida inteira esperando que as vinícolas comprem toda a nossa produção?

– Se depender de mim, não. Estou fazendo uns estudos para mudar esse estado de coisas – respondeu o pai mostrando a papelada sobre a mesa. – Guilherme disse que pode nos ajudar. Ele vai importar as máquinas

para que nós possamos colher, produzir e engarrafar o nosso próprio vinho.

Guilherme jogava futebol no mesmo time de Ayrton. Tinha uma firma importadora de máquinas da França e da Alemanha para o Brasil. Havia se mudado para a cidade fazia uns dois anos, mas já conquistara a amizade de todos com seu jeito agradável e divertido.

– Mas, pápi, quando a gente começar a engarrafar o vinho, a viagem já acabou. E eu queria tanto ir.

– Minha filha, o dinheiro que nós temos guardado é o nosso único capital. Eu preciso dele para melhorar a qualidade das vinhas e comprar o maquinário. Há anos eu venho guardando todo mês um pouco de dinheiro na esperança de um dia fabricar nosso próprio vinho. Agora é a hora.

Tuca coçou a cabeça e deu um suspiro sofrido.

– Por que você não fala com a sua madrinha? Quem sabe ela lhe paga a viagem? – sugeriu Ayrton.

Tia Lycia era a irmã mais nova de Ayrton. Solteira e muito dinâmica, trabalhava em análise de sistemas e programação. Vivia em São Paulo, era divertida e adorava viajar. O pai costumava dizer que fora a única esperta da família: deixara a agricultura e se metera num ramo de negócios que dava mais dinheiro do que uva no cacho.

A garota correu para o telefone. Ainda havia uma esperança! Como é que ela não tinha se lembrado! Afinal a tia adorava passeios de *bike*! Com certeza ia topar.

– Tia Lycia! Que bom que você está em casa! – exclamou Tuca assim que a tia atendeu. Lycia era muito ocupada, vivia de celular na mão atendendo mil chamados de clientes e funcionários. – Tia, tem uma viagem para a França superfantástica, que inclui passeios de bicicleta. Meus amigos todos vão... Tia, por favor... eu queria tanto ir...

– Qual é o problema, Tuca? Seu pai não quer deixar você ir? Muito me espanta, conhecendo Ayrton...

– Não, não é isso, claro que ele deixa. É que a gente está sem dinheiro para pagar a viagem. As vinícolas não compraram toda a produção... Madrinha, por favor, me dá essa viagem de presente de aniversário? De presente de aniversário para o resto da vida, você nunca mais vai precisar me dar presente – implorou a garota.

Fez-se um silêncio do outro lado da linha. A tia devia estar pensando. Tuca pôs-se a roer as unhas.

– Uma viagem à Europa? Legal. Podendo, é bom conhecer a Europa. Mais interessante do que os Estados Unidos... De que adianta saber que o Brasil foi descoberto por Portugal, um país europeu, se ninguém explica que tipo de mentalidade e civilização eles nos trouxeram? Quanto custa a viagem?

A afilhada contou, coração batendo forte.

– Humm, tenho de ver... Que agência vai levá-los? É confiável?

Tia Lycia era uma perfeita mulher de negócios, queria saber tudo direitinho.

– Ah, é, tia. É de um amigo dos pais do Marcelo.

– Então me passe o CNPJ e o endereço dessa agência para eu ver se é mesmo confiável. Aqui em São Paulo já tivemos dois casos em que o pessoal pagou as passagens e, na hora de voar, a viagem foi pro brejo. Os donos fugiram com o dinheiro.

Tuca roeu mais um tiquinho de unha. Como era complicada aquela tia!

– Tia, não tem perigo, o Marcelo conhece os donos, eles são superlegais.

– É o que veremos. Consiga o número do Cadastro Nacional de Pessoa Jurídica. Com esse número eu posso saber se existe alguma coisa contra essa firma no Serviço de Proteção ao Consumidor.

– Então, tia, a senhora vai me pagar a viagem?

– Não prometo nada ainda. Tenho de ver algumas coisas antes.

Tuca desligou o telefone com um sentimento confuso de esperança e de irritação. Por que é que tia Lycia tinha de ser assim, tão desconfiada? Essa coisa de morar numa cidade como São Paulo deve deixar as pessoas suspeitando até da própria sombra...

E correu para avisar os amigos da possibilidade de a madrinha pagar a viagem. Marcelo ficou indignado com a suspeita de tia Lycia. Os donos da agência eram amigos de seus pais, jamais dariam calote nos clientes! Falta de educação de tia Lycia exigir aqueles dados, revoltou-se o menino.

– Marcelo – implorou Tuca –, por favor, me consegue esse tal de CNPJ, senão a minha tia não me dá essa passagem!

Marcelo prometeu, resmungando. O que é que os donos da agência iam pensar dele?

Capítulo 3

No domingo, Tuca e Bia foram ao Parque das Andorinhas assistir à prova de *bicicross* da qual Marcelo participaria. Estavam felizes porque a experiência do ovo-bebê terminara. Haviam decidido que filhos, somente quando atingissem a idade adulta, estivessem formadas e com a vida estabelecida. Era melhor para o bebê e para elas.

Assim que chegaram, toparam com o amigo ajustando o capacete na cabeça, prestes a iniciar a competição. Marcelo era o melhor ciclista da turma: sabia usar o

breque da frente, enquanto Bia e Tuca se contentavam em usar apenas o de trás.

– Quem é aquele ao lado do Marcelo? – perguntou Tuca, observando um jovem alto, de músculos salientes e queixo quadrado que lembrava o super-homem. Mesmo de longe havia um quê no rapaz que mexia com ela. Será que era amor à primeira vista? A menina não conseguia tirar os olhos dele. Sentia-se até dividida entre torcer por Marcelo ou por aquele desconhecido tão atraente.

– Gostou dele? – perguntou a amiga com um sorriso cúmplice.

– E como! Você não vai acreditar no que eu vou dizer, mas acho que estou apaixonada. Ele é lindo! – suspirou Tuca.

Havia algo no rapaz que fazia todo seu corpo e seu coração estremecerem. Ele era bonito, mas não era só isso. Havia algo nele que causava uma emoção dentro dela, uma vontade de estar junto, conhecê-lo, passear de mãos dadas, estudar lado a lado, viver tanta coisa, fazer todas as viagens, principalmente as do coração. Será que ele sentiria o mesmo por ela?

Marcelo acabou a prova em segundo lugar. O vencedor foi o rapaz do queixo quadrado, Ricardo. Após a premiação, o amigo se aproximou das meninas com ele.

Nesse momento, Beto, o irmão de Tuca, apareceu pedindo dinheiro para comprar sorvete. A garota lutou para achar a carteira dentro da mochila.

– Está aqui – falou, entregando uma nota para o irmão.

Mal acabou de falar, percebeu que alguém a cutucava. Era Bia. Tuca levantou os olhos e deu com os de Ricardo, postos nela, uns olhos azuis, cor de céu infinito, tão lindos que ela se perdia neles. Ele não desviava os olhos dela e ela não sabia o que fazer. Sentiu que corava.

Quando ela, finalmente, abriu a boca para cumprimentá-lo, chegou um repórter e o arrastou para longe.

Para Bia aquilo era amor à primeira vista. Para Tuca também. Isto é, até acontecer o que aconteceu.

À tarde, Bia e Tuca resolveram comer um açaí na tigela no clube. Entraram na fila do caixa e Bia, na frente, pediu o seu. Quando chegou a vez de Tuca, a moça descobriu que o empréstimo que fizera de um picolé para o irmão a deixara sem dinheiro. A solução era catar as moedinhas caídas na mochila e torcer para que inteirassem a quantia necessária. Alguém atrás dela reclamou da demora. De repente um braço apareceu por cima de seu ombro e uma voz autoritária comandou para o caixa, com uma cédula de valor alto na mão:

– Tira daqui um *cheeseburger*, um *milkshake*, uma porção de fritas e o açaí da garota, porque eu não tenho o dia todo para ficar esperando...

Uma corrente elétrica de alta potência trespassou o corpo de Tuca, que se virou furiosa para encarar quem ousava tratá-la dessa forma. O braço, a mão e a voz prepotente eram todos de Ricardo, o campeão de *bicicross*. Havia surpresa e constrangimento nos olhos dele ao topar com os dela, carregados com milhares de megavolts de cólera e indignação.

– Pode tratar de ir esperando, porque eu cheguei primeiro – cortou a garota. – Se você tem pressa, levante mais cedo – acrescentou.

Tuca entregou as moedinhas, recebeu o tíquete e deixou o guichê revoltada. Ricardo, encabulado, tomou seu lugar junto ao caixa. Tinha sido grosseiro justo com a menina por quem estava interessado. Que azar!

Bia a aguardava curiosa, doida para saber o que havia acontecido. Tuca nem conseguiu falar, nunca passara por tamanha humilhação. Aquele Ricardo pensava que só porque era bom de *bicicross* e tinha dinheiro podia ir destratando os outros. Não, senhor, não com ela... E foi assim que o príncipe encantado virou sapo...

Tuca vivia na esperança de tia Lycia telefonar para dar-lhe a tão esperada notícia: a de que iria pagar-lhe a viagem à França. Mas a tia não telefonava e a garota não suportava mais a ansiedade. Acabou por descontar no caçula a irritação:

– Quando é que você vai sair desse micro, que eu estou precisando usar! – reclamou, batendo o pé no chão, impaciente.

Beto olhou-a assustado.

– Mas eu acabei de entrar para fazer a lição. Você ficou aqui até agora!

– Como até agora?! Agora é agora e agora quem está no micro é você e não eu. Pode ir saindo.

– Manhêêêêê! – berrou Beto, que sabia a quem recorrer nas horas difíceis.

Dona Sueli não veio de imediato, provavelmente porque acreditou que era mais uma briguinha à toa entre os filhos, dessas que acontecem toda hora e que as mães ficam torcendo para que um dia eles cresçam e parem de brigar entre si.

Tuca sentia-se irritada. Será que era a famosa TPM, a tensão pré-menstrual, ou era mesmo por culpa da madrinha, que não telefonava?

Beto ainda não tinha saído do micro.

– Vou contar até três para você sair – ameaçou a irmã.

– Até três eu não consigo acabar a lição. Conta até três vezes três mil.

Tuca respondeu com um beliscão no braço do menino, que revidou com um soco no ombro da garota.

E no momento em que Tuca ia bater para valer, Dona Sueli chegou, interrompendo a batalha que se armava.

– O que aconteceu?

Foi um atropelo de palavras, cada qual gritando mais alto suas razões.

– Chega! – falou a mãe, fechando o tempo. – Beto, você tem quarenta e cinco minutos de micro, depois ceda o lugar para a sua irmã. E você, Tuca, pode vir me ajudar a escrever as faixas e os cartazes do Posto de Saúde.

Beto fez uma careta para a irmã, que seguiu a mãe. Dona Sueli trabalhava no Posto de Saúde da prefeitura.

– Mãe, tia Lycia ainda não telefonou – desabafou Tuca.

– E isso não é razão para você descontar seu nervosismo em todo o mundo – repreendeu Dona Sueli. – Há coisas mais graves do que a demora de sua tia em lhe telefonar. Venha me ajudar a preparar os cartazes contra o ato do novo prefeito. Ele quer tirar a diretora do Posto para colocar um sujeito que não entende nada de administração hospitalar, só de eleição. Depois dizem que funcionário público não faz nada, mas olha quem ele põe para chefiar um posto de saúde: um cabo eleitoral!

Dona Sueli estava mesmo furiosa.

– Você também está ansiosa – observou a filha.

– E estou mesmo – concordou a mãe. – A diferença é que eu canalizo minha ansiedade para algo produtivo, para a resolução do problema. Por que você não faz o mesmo em vez de implicar com seu irmão?

Tuca concordou com um suspiro e foi telefonar para a tia. Não a encontrou em casa nem no celular, que deu caixa postal. Deixou um recado para a madrinha e chamou Bia para irem ao *shopping* comprar o presente do Dia das Mães.

As vitrinas estavam muito atraentes, com presentes de todos os tipos e preços.

– O que você vai dar para sua mãe? – indagou a amiga.

– Um calmante.

– O quê?!

– Brincadeirinha. Acho que quem está precisando de um calmante sou eu. Minha madrinha ainda não deu uma resposta!

Nesse momento apareceu Marcelo, acompanhado de Ricardo, o príncipe que tinha virado sapo.

Tuca o cumprimentou secamente, inventou uma desculpa e se afastou.

– Você não acha que está sendo muito dura com ele? Se você visse a cara dele quando você saiu... – comentou Bia mais tarde.

– Ah, ele que seja decente da próxima vez e não pise nas pessoas.

Ricardo viu as meninas se afastarem e tentou disfarçar a decepção. Que azar, justo com aquela garota ele tinha deixado escapar aquele lado dele meio grosseiro, meio trator... E agora ela não queria saber dele nem pintado de verde e amarelo. O que fazer? Pedir desculpas? De que jeito? Muito difícil, muito complicado. Mas tinha de existir um jeito, porque ele tinha gostado dela. Era amor à primeira vista!

Finalmente, no domingo à noite, tia Lycia retornou a ligação da afilhada.

– Estou voltando do Recife, onde apresentei uma proposta de trabalho. Se eu fechar o negócio – dizia ela –, iremos juntas para a Europa...

– Legal, tia. E quando você vai saber se fechou ou não o negócio? – perguntou Tuca, com o estômago dando um nó, preocupada que esse fechamento demorasse tanto quanto a vinícola que o pai queria montar...

– Terça-feira, depois de amanhã. Daí é só você me passar os dados da agência de viagem, que *você* ainda não me passou – cobrou a tia.

Tuca telefonou em seguida para Marcelo.

– Marcelo, você conseguiu os dados da agência?

– Ah, não consegui, não tenho coragem de pedir isso para o amigo do meu pai. Melhor *você* pedir – disse o rapaz, enfatizando o você.

Tuca sentiu um desânimo: conhecia de vista a dona da agência e também não se sentia à vontade para pedir o CNPJ. Foi pedir socorro ao pai.

Ayrton levantou a cabeça das contas onde andava metido.

– Estou sem tempo, minha filha. Na terça-feira preciso ir até a firma do Guilherme para ver os preços e as condições de importação do maquinário. A agência de viagens fica em frente: por que você não vem comigo, dá um pulinho lá e se informa?

Tuca coçou a cabeça.

– É que eu tenho vergonha, pai... Tia Lycia inventa cada coisa! Ela é tão legal, não dá para entender por que de repente tem essas picuinhas.

– Se a sua tia está disposta a lhe pagar a viagem e a única coisa que exige é isso, por que você não a atende?

Tuca já começava a se conformar com a ideia de ir à

agência, quando recordou que o sorteio da viagem estava programado para o dia seguinte. Quem sabe ela não era sorteada? E aí não dependeria mais da madrinha nem do CNPJ da agência. E foi com essa esperança que a turma compareceu ao sorteio no *shopping*.

Colocaram-se bem na frente do palco, onde, sobre uma mesa, se achava um globo enorme com as papeletas para o sorteio. Os três seguravam seus números dando beijos neles e assoprando-os para dar sorte.

– Quem vai ser sorteada é você – dizia Marcelo. – E daí, no seu lugar, eu telefonava para essa sua tia só para dizer que ia viajar sem mexericar no CNPJ dos outros!

O globo começou a girar. A multidão prendeu a respiração, aguardando o anúncio do vencedor.

– A viagem vai para... Margarete da Silva!

Um ah decepcionado saiu do peito de todos. Uma garota magra de ar frágil subiu ao palco. Era a Margarete que iria para a França. Tuca deu meia-volta e saiu correndo, chorando. Tudo conspirava para ela não ir.

Capítulo 4

Na terça-feira Tuca acordou ansiosa. Era o dia D, o dia em que tia Lycia iria saber se podia pagar a viagem à Provence e o dia em que ela, Tuca, deveria comparecer à agência para pegar os dados da firma. Aquilo de pedir o CNPJ incomodava mesmo a menina. E se eles se negassem a dar? O que ela responderia? Provavelmente voltaria de mãos abanando e a madrinha não lhe pagaria a viagem... Que complicação essa exigência sem cabimento de tia Lycia. Era até feio desconfiar dos outros, será que a tia não sabia disso?

Após o café da manhã, Tuca saiu com o pai em direção ao centro da cidade. Ayrton estacionou o carro diante do escritório de importação de Guilherme. Do outro lado da rua, a agência de viagem. A garota respirou fundo e atravessou a rua. Por sorte a loja estava vazia, apenas um funcionário trabalhava junto ao micro. Pelo menos não haveria plateia para testemunhar aquele momento de supremo embaraço.

– Bom dia – cumprimentou Tuca. – Por favor, eu preciso dos dados da agência.

– Dados da agência? – estranhou o rapaz.

– É, o CNPJ e a... – A menina abriu o papelzinho onde anotara o que precisava. – A Inscrição Estadual.

O rapaz fez cara de quem não entendeu. Tuca se

sentia embaraçada. E, para piorar, ouviu atrás de si a porta da agência se abrindo e gente entrando.

– Para que você quer todos esses dados? Você é fiscal? – perguntou o rapaz deixando de lado a cortesia.

– Claro que não sou. É que a minha tia, que vai me pagar a viagem, me pediu esses dados.

– E por que ela quer esses dados? Nossa firma é idônea.

Tuca sentiu-se mal, com vontade de fugir dali. Mas aí sim é que a madrinha não lhe pagava a viagem... O que fazer para convencer o rapaz a informar os tais dados? Nesse instante alguém se aproximou do balcão e falou com o rapaz num tom de comando, que não admite recusa.

– Se a firma é idônea, não há por que não dar logo esses dados para ela. Aliás, eu também quero! – Quem assim falava era Ricardo, que viera comprar sua passagem.

O funcionário obedeceu imediatamente. Retirou de uma gaveta duas folhas de recibo, anulou-os, escrevendo em cima **Sem Efeito**. Entregou uma para Ricardo, outra para Tuca, dizendo:

– Está tudo aqui nesse canto: o nome da agência, o endereço, o número do CNPJ e o da Inscrição Estadual.

Tuca pegou a folha e voltou-se para Ricardo, que a olhava com aqueles olhos azuis que a faziam sentir-se meio perdida. A garota esboçou um sorriso tímido de agradecimento e saiu correndo.

Yes!, ele tinha conseguido, gritava Ricardo dentro de si. Tinha conseguido mostrar um outro lado seu e de quebra ganhara um sorriso lindo. Ah, ele ainda ia conquistar aquela menina, ah se ia...

Tuca encontrou o pai na sala de espera do escritório de

importação, conversando com o assistente de Guilherme, Carlos, mais conhecido como Carlos Armário, devido a sua compleição robusta.

O assistente cumprimentou a menina e indagou se ela queria um refrigerante. Tuca aceitou a oferta: que diferença de tratamento entre a firma importadora e a da agência de viagem...

– Conseguiu os dados? – perguntou o pai.

A filha mostrou-lhe o recibo. Nesse momento a porta do escritório de Guilherme abriu-se.

– Ora, vejam quem está aqui! – comentou um senhor de cabelos grisalhos que de lá saía. – Então, Ayrton, decidiu mesmo pela vinícola?

– Sem dúvida. E você, o que faz aqui?

– Renovando parte do maquinário. A França está produzindo equipamentos de tão boa qualidade, que você consegue transformar uma uva mais ou menos num vinho bom. Imagine eu, que tenho uvas de excelente qualidade, que beleza de vinho não vou engarrafar!

Ayrton sorriu. Ele também tinha um parreiral fantástico. E no ano que vem, a essa hora, já estaria com o vinho engarrafado, parte dele sendo comercializada e parte envelhecendo em barris de carvalho.

– Vamos entrando! – era Guilherme que convidava Ayrton e Tuca.

Guilherme era um homem alto e calvo, com um sorriso cativante.

Ayrton entregou-lhe uma folha de papel com as especificações das máquinas que desejava adquirir.

O importador pegou uma calculadora, consultou uma planilha de preços e códigos e, ora digitando, ora conferindo o que fazia, chegou ao total da compra.

O resultado, estampado na tela líquida da calculadora, espelhava um valor astronômico aos olhos de Tuca, dezenas de vezes o preço de sua viagem à França.

– Exigimos uma entrada de 25% e financiamos o restante em 36 meses. – Guilherme calculou os 25%. Tuca engoliu em seco ao ver a cifra resultante. O pai estava lívido.

Ayrton pegou o talão de cheques, a caneta e começou a preenchê-lo. Seria impressão sua ou as mãos do pai tremiam ligeiramente?

Guilherme preparou um recibo.

– Vamos depositar este dinheiro na conta da firma francesa e daqui a uns quarenta dias suas máquinas deverão estar chegando. Reserve dinheiro para pagar os impostos de importação e as taxas de desembarque – avisou Guilherme, despedindo-se de Ayrton.

À tarde, Tuca voltou da escola correndo, ansiosa para saber se a tia havia telefonado. E foi com uma pontada no estômago que recebeu a resposta negativa, que significava férias sozinha, sem amigos. A garota sentia-se sufocar, uma dor no peito. Solidão... Precisava manter a calma, ainda era cedo, a madrinha poderia telefonar à noite. Lembrou-se do que a mãe lhe dissera e foi para o micro decidida a canalizar as energias de forma positiva: entrou no *site* da Receita Federal e do Serviço de Proteção ao Consumidor para verificar se havia algum problema com a agência. Descobriu, com alívio, que não havia nada contra. Agora era esperar o telefonema da tia.

Tuca aguardou o telefonema da madrinha agoniada, com o coração apertado, sem conseguir engolir o que quer que fosse: a canja do jantar ou o saboroso macarrão a alho e óleo da mãe. E cada vez que o telefone tocava, ela saltava e corria a atender. Mas do outro lado nunca era tia Lycia.

Era noite quando a menina, desesperançada, se retirou para escrever em seu diário. Ali anotou o bilhete que tinha passado por baixo da carteira para Bia, contando que vira Ricardo.

– Que legal! – comentou a amiga, quando se encontraram no recreio.

– É, pelo menos dessa vez ele foi decente – respondeu Tuca.

– Decente?! Ele foi superlegal! – exclamou Bia, indignada com a falta de entusiasmo da colega.

Tuca não queria admitir nem para Bia, nem para seu diário, nem para si mesma, que ela começava a sentir uma coisa diferente por Ricardo, mas ainda não sabia bem o que era. Parecia que o sapo estava voltando a virar príncipe. E, num cantinho escondido do coração, havia um começo de vontade de revê-lo.

Nesse instante Beto, o irmão, bateu na porta do quarto.

– Telefone para você. É tia Lycia!

Tuca deu um pulo e saiu correndo. Já estava na porta quando lembrou do diário e voltou para trancá-lo na gaveta. Por mais pressa que ela tivesse, conhecia bem a peste do irmão, que não perderia a oportunidade de mexericar em suas coisas. Isso feito, voou para o telefone. Será que finalmente vinha a notícia que ela tanto esperava?

Capítulo 5

Tuca desligou o telefone e pôs-se a dançar. Ela ia para a França! E com tia Lycia. Em seguida, fez outra ligação:

– Bia, consegui! Também vou! – berrava ao telefone. Ela estava num contentamento só, um misto de felicidade de viajar com os amigos, o pavor da solidão afastado e no coração a alegria não confessada de ter encontrado Ricardo...

Tuca viveu as semanas seguintes num estado geral de felicidade que começou a se evaporar, à medida que os dias passavam, junho se aproximava e as máquinas não chegavam. O ambiente em casa começou a ficar tenso e nervoso. Ayrton decidiu conversar com Guilherme e a menina o acompanhou. Ela se formaria em Administração de Empresas e queria – desde já – se familiarizar com o mundo dos negócios.

Carlos Armário recebeu-os e os encaminhou para a sala do importador.

– Eu ia mesmo procurá-lo – comentou Guilherme. – Estou preocupado com esse atraso das máquinas e por isso estou antecipando a viagem que eu faria a Paris em julho. Parto depois de amanhã. Fique tranquilo que em poucos dias receberá notícias minhas e das máquinas.

Ayrton saiu mais calmo do escritório e passou com a filha na agência, onde retiraram as passagens.

Finalmente o mês de julho chegou e com ele o

grande dia da viagem à França. As famílias levaram os filhos ao aeroporto.

– Veja se me escreve contando as novidades – pediu Tuca ao irmão Beto, com um olhar significativo, referindo-se às máquinas que teimavam em não chegar. – Tia Lycia me garantiu que conhece um cibercafé em Paris, pertinho de onde a gente vai ficar. Assim que tiver alguma notícia, me avise.

A menina despediu-se e juntou-se ao grupo reunido junto à Marie Claire, a guia da excursão. Eram ao todo quinze pessoas entre jovens e adultos.

Marie Claire era uma jovem francesa, loira e esguia, de cabelo chanel, que se encantara pelo Brasil e por aqui ficara. Trabalhava em turismo, acompanhando excursões à França. Tinha um tipo esportista e um sotaque afrancesado.

– Estão todos com passaporte? – quis saber a jovem francesa.

– Xi, acho que esqueci o meu – falou Margarete, depois de remexer na mochila. Era a menina magrinha e de cabelos claros que havia ganhado a viagem no concurso do *shopping*.

Tuca e Bia se entreolharam. Aquela menina, com certeza, ia ser um estorvo. Marcelo viu a garota correr atrás da mãe. Em seguida, o pai saía voando.

– Meu pai foi buscar o passaporte... – balbuciou a menina. – Não vai demorar, é aqui pertinho.

Tuca e Bia olharam acintosamente para o relógio. Marcelo sentiu pena da tal de Margarete, que ele nem conhecia. Não ia ser fácil para ela viajar com suas amigas. Elas eram legais, mas quando antipatizavam com alguém...

Enquanto aguardavam o pai de Margarete, a guia

passou às apresentações. Ricardo, Marcelo, Tuca, Bia, Margarete. E Leonardo, o Leo, um rapaz negro de dezesseis anos. Era atleta amador de basquetebol com um futuro promissor na carreira. Usava o cabelo raspado. Acabou ficando muito amigo de Marcelo, que depois passou a ajudá-lo a raspar a cabeça. A intenção de Leo era fazer um *site* sobre a viagem com fotos e informações.

O pai de Margarete não demorou a voltar. Só então o grupo passou para a sala de embarque, ansiosos com sua primeira viagem de avião.

– Tia Lycia! – exclamou Tuca ao ver a madrinha, que a esperava no setor de voos domésticos do aeroporto internacional de Guarulhos, em São Paulo, de onde embarcariam para a Europa. A tia deu-lhe um abraço grande, apertado. – Turma, esta é a minha tia Lycia. Ela foi campeã de *bicicross* e corre na São Silvestre todo ano! – contou orgulhosa a menina.

Tia Lycia era uma moça magra com físico de atleta, modos de executiva e um sorriso charmoso. Com ela, o grupo seguiu para a alfândega e sala de embarque internacional.

Tuca fechou os olhos quando o enorme avião arrancou com força total, correndo pela pista até decolar com o nariz empinado e ganhar os céus. A aeronave deu uma volta ampla sobre a Pauliceia Desvairada, como São Paulo é conhecida, e tomou o rumo da Europa. A menina contemplou pela janela os chumaços de nuvens brancas no fundo azul do céu translúcido. Ia dar tudo certo, as máquinas e a viagem...

Capítulo 6

– Paris é uma festa! – exclamou tia Lycia, assim que saíram à rua após deixarem as malas no hotel. – Aqui a gente toma um banho de cultura sem precisar entrar em museu! – O grupo perambulava pelas simpáticas ruas da Cidade Luz, cujo casario, monumentos e arvoredo compõem um cenário sem igual no mundo.

Tia Lycia perguntou à guia onde ficava a Bastilha.

– Bastilha? Ela não caiu? – estranhou Bia, que já ouvira falar da Queda da Bastilha.

Marie Claire contou que a Bastilha era uma prisão importante, símbolo do despotismo dos reis franceses. Durante a Revolução Francesa, foi invadida e posta abaixo pela população, revoltada com os altos impostos e os privilégios que a nobreza e o clero tinham. A burguesia era obrigada a pagar os impostos, o povo tinha fome e vivia na miséria. Por isso se rebelaram e fizeram a Revolução Francesa.

– Que inspirou a americana e a Inconfidência Mineira – completou Leo, que era bom de História. – O povo decidiu que queria participar. E passou a exigir representantes nas Assembleias.

– Percebeu por que é interessante conhecer a Europa? – comentou tia Lycia para Tuca. – Fica mais fácil entender o que aconteceu conosco no Brasil. Muitas das nossas coisas têm origem, na verdade, na Europa. Como a democracia, que nasceu na Grécia.

Leo não resistiu e lembrou que a Europa também era responsável pelo tráfico negreiro e a discriminação racial.

– Tem razão, Leo, daqui vieram coisas boas e coisas ruins – concordou Lycia. A executiva contou então que, junto com a Revolução, vieram as ideias científicas e os Enciclopedistas, um importante grupo de intelectuais que organizou todo o saber da época na primeira enciclopédia do mundo.

– Adoro pesquisar em enciclopédia eletrônica, está tudinho lá! – exclamou Marcelo.

– Preguiçoso como você é – replicou Bia –, só uma enciclopédia eletrônica, para você nem precisar folhear as páginas do livro...

O grupo flanou pelas margens do rio Sena, passeou pela Ilha de St. Louis até chegar à Ile de la Cité, onde fica a Catedral de Notre Dame com seus arcos góticos medievais.

– Os reis franceses eram coroados aqui nessa catedral. Durante a Revolução Francesa, o povo rebelado apedrejou a catedral, quebrando muitos de seus vitrais, criados na Idade Média. Mais tarde, artistas tentaram recuperar esses vitrais, mas jamais conseguiram obter a mesma tonalidade de algumas cores. Notem que o azul da parte de cima, que não foi atingido pelas pedras, é diferente do de baixo. E vejam como é maravilhoso!

Ricardo olhou bem para aqueles vitrais, as colunas da majestosa catedral, estufou o peito e declarou para a turma reunida:

– Com a multidão de gente miserável que tem no Brasil, é de espantar que eles ainda não tenham feito uma

revolução igual – pronunciou, aguardando o efeito de suas palavras sobre os demais.

Ao que Tuca retrucou:

– Já estão fazendo. É só ver o movimento dos sem-terra e dos sem-teto.

Ricardo levou um susto com o comentário. Sua Bela Adormecida tinha opiniões próprias e o contradizia em público! Já não era uma princesa, mas uma bruxa desaforada.

Ao longe se via a Torre Eiffel e, pertinho, a poucos metros, um carrinho de crepe.

– Estou com fome! – reclamou Marcelo, sentindo o cheiro delicioso da comida.

– Pois vamos aos crepes! – propôs tia Lycia.

Para Bia, os crepes eram a melhor descoberta da França. E os com recheio de marrom-glacê, a oitava maravilha do mundo.

Observaram com água na boca como eram feitos: derramava-se um líquido cremoso, à base de farinha, ovos e leite sobre a chapa redonda e quente. Deixava-se cozer de um lado e de outro. Finalmente, espalhava-se uma porção generosa de geleia ou chocolate sobre a massa cozida. Enrolava-se na forma de cone e – hum, que maravilha! – estava pronto o crepe.

Cada um deles fez seu pedido. Marcelo, guloso, repetiu a dose.

– Você não vai querer um crepe? – espantou-se, observando que Margarete não pedira nada.

– Não estou com vontade – replicou a menina.

– Mas é tão bom! Você devia pedir um. Pelo menos para experimentar.

– Não faço questão – respondeu Margarete num fio de voz, baixinho.

Marcelo fitou-a surpreso. Como podia existir alguém que resistisse a um crepe de chocolate, cheirando gostoso e quentinho? Aquela Margarete era mesmo muito estranha. Talvez Tuca tivesse razão em não simpatizar com ela.

Margarete afastou-se do quiosque de crepes e daquele cheiro de comida boa. Ela não tinha dinheiro. O concurso pagara-lhe as despesas da viagem: avião, hotel, as refeições incluídas. Os pais juntaram um dinheiro que convertido em dólar não deu mais de cinquenta. E tinha de durar toda a viagem! Alguns dos participantes da excursão gastavam isso por dia!

Às vezes Margarete se arrependia de ter vindo. Ela não tinha dinheiro para acompanhar os gastos da turma. Sentia-se isolada, perdida, incompreendida. Não tinha as roupas legais das meninas. Sentia-se feia e deslocada. Começou quase a se esconder, torcer para que ninguém a notasse. Se pudesse voltar para o Brasil, bem que voltava. Só Marie Claire e tia Lycia conversavam com ela. Os outros mal a cumprimentavam. Tuca e Bia definitivamente não gostavam dela. E Margarete sentia-se mal. Tinha vontade de chorar. Queria tanto fazer parte daquela turma legal... Mas sem dinheiro, feia e sem graça, ninguém queria saber dela.

À noite, após o jantar, parte do pessoal foi dormir, cansado da viagem. Tuca pediu para a madrinha levá-la ao cibercafé. Bia, Marcelo e Ricardo se prontificaram a acompanhá-las. Também queriam mandar *e-mail* para a família.

Tuca topou com duas mensagens de Beto para ela.

"Tuca, tudo bem? Aqui vai tudo mal. Papai anda nervoso, uma pilha. Procuro nem passar perto dele, mas, se não tem jeito, vou nas pontas dos pés. Está superimplicante. Tudo porque Guilherme até agora não mandou notícias sobre as máquinas. O clima está péssimo. Sorte sua estar longe. Eu tenho de aguentar tudo sozinho!"

O segundo *e-mail* tinha sido escrito horas mais tarde.

"Papai foi atrás do Carlos Armário. Pegou o homem de malas prontas indo para o aeroporto. Disse que estava muito preocupado com o sumiço do patrão. Ia ver o que está acontecendo. E prometeu passar no escritório da fábrica em Paris para apressar as máquinas. Aqui anda todo o mundo preocupado. E implicam com tudo. Não tem mais lugar onde me esconder. Vivo no quarto ou na rua. Sorte a sua estar aí longe. Beto"

Capítulo 7

Tuca mostrou para a tia os *e-mails* que acabara de receber.

– Mau sinal... – foi o comentário da madrinha.

Marcelo, Bia e Ricardo se aproximaram, curiosos.

– Por que você não pede para o seu irmão o endereço de Guilherme em Paris? Já que estamos aqui, vamos atrás dele – sugeriu tia Lycia.

– Já pedi – respondeu Tuca, que era uma garota de iniciativa.

Ricardo teve uma ideia:

– Peça também o endereço do escritório das máquinas. Aproveitamos para fazer uma visitinha e cobrar essa gente irresponsável!

– Isso mesmo – concordou tia Lycia –, e peça ao seu irmão para enviar a ordem de compra por fax.

– Legal! – exclamou Bia, que adorava uma boa briga.

– Fantástico! – gritou Marcelo. – Vamos botar pra quebrar nessa fábrica caloteira.

No dia seguinte, Tuca e Bia, que ocupavam o mesmo quarto, acordaram com o barulho estridente do telefone. Sonolenta, de olhos fechados, Tuca tateou o criado-mudo atrás do telefone impertinente.

Era Marie Claire, chamando para o café da manhã.

– Mas que horas são? É muito cedo! – resmungou Bia, consultando o relógio. – São três da madrugada. Vocês estão loucos! Vou dormir mais um pouco.

– Nada disso, Bia, são sete horas.

Mas a amiga nem a ouviu. Cobriu a cabeça com o travesseiro e escondeu-se sob as cobertas, retornando ao sono. Embora tivesse vontade de fazer o mesmo, Tuca tratou de levantar-se e se arrastou trôpega até a cama da amiga para sacudi-la.

– Acorda, Bia, são sete da manhã. Você é que não acertou seu relógio ontem.

As meninas entraram na sala do café da manhã no momento em que Marcelo reclamava:

– Não é justo! O meu corpo ainda está na hora do Brasil e tem de viver na de Paris!

– Eu queria saber quem inventou esse tal de fuso horário. É um suplício! – reclamou Tuca.

Margarete queria juntar-se ao coro das reclamações, mas não sabia se seria aceita. Decidiu não arriscar e manteve a boca fechada.

Tia Lycia explicou que eles estavam sob o efeito do *jet lag*, a dificuldade de o corpo se adaptar à alteração de fuso horário. Entre o Brasil e a França, a diferença era de quatro horas. Todos eles sofreriam de fome e sono fora de hora, até o corpo se readaptar.

– Daí já vai estar na hora de voltar ao Brasil e ter *jet lag* de novo! – retrucou Marcelo.

A guia garantiu que a adaptação seria rápida, coisa de poucos dias.

Da cozinha, o garçom trouxe uma cesta de pães quentinhos, que colocou à frente de Bia e Tuca.

– Hum, *croissant*! – extasiou-se Bia, pegando um

pão em forma de meia-lua. – É a coisa mais gostosa da França depois dos crepes – regalou-se, passando uma vasta porção de geleia de framboesa no pão.

Margarete aproveitou para atacar um *croissant*. Este já estava pago, hum que delícia!

O grupo saiu para visitar a Torre Eiffel e depois o Museu do Louvre. A ala do Antigo Egito foi a que despertou maior interesse com suas múmias e templos, seguida pelas esculturas gregas e os quadros famosos.

– Finalmente posso ver de perto o sorriso da Mona Lisa – ria Marcelo.

Margarete estava extasiada: tanta obra de arte! Na casa dela o pai pendurara nas paredes recortes de revistas de quadros famosos e, maravilha das maravilhas!, ela já tinha reconhecido dois deles!

Tia Lycia fez questão de rever a estátua grega da Vitória de Samotrácia, sua escultura preferida.

– É o melhor símbolo da liberdade, com as asas e o peito aberto! – declarou Ricardo, ensaiando um ar intelectual.

– Tem de ser liberdade com responsabilidade! – retorquiu Tuca, apontando para a estátua decapitada, provavelmente pela ação do tempo e das guerras.

Ricardo fulminou-a com o olhar. Ele tinha encenado uma cara de conteúdo, bem intelectualizada, para impressionar a turma, e lá vinha Tuca e estragava tudo!

Na verdade, ele se sentia dividido em relação à menina. Ela era legal, bonita, mas muito esperta, inteligente demais para o gosto dele. E ela nem disfarçava, o que era pior! Um lado dele receava namorar uma garota assim, que podia ser melhor que ele. Tinha medo das comparações e do desafio. Por isso ficava naquele jogo de chegar perto e depois se afastar. Não conseguia decidir se queria ou não namorar a menina.

Depois do almoço, Tuca e a turma foram ao cibercafé para verificar o correio eletrônico. Será que Beto conseguira as informações que ela lhe havia pedido?

– Chegou! – gritou a garota ao abrir o *e-mail*.

Lá estava o telefone do hotel onde Guilherme se hospedava. Ayrton não deixara o assistente do importador partir sem fornecer um telefone onde pudesse ser encontrado. A mensagem eletrônica trazia também dois arquivos contendo, escaneados, a ordem de serviço e o recibo de compra das máquinas. A menina os imprimiu. Neles encontraram o endereço do escritório em Paris. Pronto! Tinham o que precisavam para reclamar do atraso das máquinas. Decidiram, no entanto, falar primeiro com Guilherme. Tia Lycia telefonou para o hotel.

— *Comment*? — exclamou Lycia ao telefone. Em seguida, anotou um endereço e anunciou: Guilherme não aparece há mais de semana, mas a *concierge* me garantiu que Carlos está hospedado lá. Muito estranho...

Apreensiva, a turma dirigiu-se para o hotel. Uma senhora gorda atendia na *conciergerie*.

— *Bon jour*! — cumprimentou Lycia. — Acabei de lhe telefonar. Gostaríamos de falar com *Monsieur* Carlos Duarte.

— *Monsieur* Duarte acaba de sair. Desejam deixar algum recado?

Tia Lycia e a turma se entreolharam.

— Vamos deixar um recado e ir embora — propôs Marcelo, louco para passear.

— Não, senhor, não vamos deixar esse Carlos em paz! — protestou Bia. — Afinal, com Guilherme sumido ou não, eles têm de dar uma solução para as máquinas.

— Podem ir passear — liberou Lycia. — Este é um problema de família. Tuca e eu vamos ficar para resolvê-lo.

A turma não queria sair, mas foi convencida por Lycia. Quando Carlos Armário apareceu, já escurecia.

— Tuca, o que você faz aqui? — surpreendeu-se ao ver a menina.

— Estamos atrás de Guilherme e de informações — respondeu a executiva.

— Tenho boas e más notícias — falou o assistente, recobrando-se da surpresa. — Estive no escritório comercial e soube que as máquinas embarcaram ontem. Deram uma longa explicação, mas o importante é que as máquinas estão a caminho. A má notícia é que Guilherme foi atropelado, não resistiu aos ferimentos e morreu. Precisei percorrer delegacias e hospitais para descobrir o que aconteceu. Estou vindo do crematório.

Ah! Tuca ficou desolada.

– Qual foi a justificativa para o atraso das máquinas? – perguntou Lycia.

Tuca lançou um olhar para o alto como se dissesse: que insensibilidade! Isso lá é hora de se fazer esse tipo de pergunta?

– Foram muitas as desculpas. Tomaria muito tempo contar agora. Basicamente, foi por falta de peças. Desculpe, mas estou voltando para o Brasil hoje à noite – explicou, mostrando o relógio. – Ainda tenho de fazer as malas, fechar a conta do hotel e ir para o aeroporto. O escritório não pode ficar tanto tempo fechado.

Tia e sobrinha se despediram dele e rumaram para o cibercafé, ansiosas para enviar as boas notícias. Estavam contentes pela solução do caso das máquinas e entristecidas com o fim de Guilherme, que era um cara legal. Excitadas também, porque, no dia seguinte, partiriam para a EuroDisney.

O primeiro dia na EuroDisney foi divertidíssimo. Havia tanto brinquedo que era difícil escolher por onde começar!

No final do segundo dia, Ricardo descobriu um cibercafé perto do fliperama. Tuca aproveitou para acessar sua caixa postal. Ela havia colocado a turma a par das tristes notícias que Carlos Armário lhe dera.

– Epa! – exclamou a menina, deparando-se com a mensagem que acabara de receber de Beto.

– O que foi? – aproximaram-se os amigos.

– Carlos não apareceu no escritório! Meu pai foi procurá-lo no dia seguinte e encontrou tudo fechado.

– Opa! – desconfiou Bia.

Marcelo, no entanto, acreditava que o assistente devia ter tirado uns dias de descanso antes de voltar ao trabalho.

– Mas ele falou que ia voltar direto para o escritório! – lembrou Tuca.

A garota imprimiu o *e-mail* e foi mostrá-lo à madrinha, que, naquele momento, pilotava um carro de Fórmula 1 no fliperama.

– Tia, olhe só!

– Espere – pediu Lycia, ocupada em controlar o acelerador na entrada de uma curva com óleo na pista. A turma agrupou-se diante da tela do jogo, embasbacada com as peripécias da executiva. Com grande habilidade, ela desviava das manchas de óleo, do *guard rail* e dos veículos retardatários que apareciam de repente à sua frente.

– Puxa, a senhora é o máximo! – admirou-se Marcelo, anotando a incrível pontuação da madrinha de Tuca.

– Já disse para me tratar por você, Marcelo. Nada de

senhora nem de tia. É tia Lycia para Tuca e Lycia para vocês! – corrigiu a moça. Havia duas coisas que ela detestava: uma, ser chamada de dona e a outra, de tia por quem não era sobrinho.

Tuca colocou a folha impressa diante do nariz da madrinha.

– Opa, aqui tem algo errado – comentou Lycia, após a leitura. – Amanhã, a primeira coisa que eu vou fazer é uma visita ao escritório comercial dessa fábrica e ouvir o que eles têm a dizer.

– Você vai deixar a EuroDisney! – escandalizou-se Marcelo.

– Deixar a EuroDisney justo agora! – lamentou Tuca, que se sentia dividida entre acompanhar a madrinha e ficar com a turma.

– Eu vou com vocês – propôs Ricardo, olhando para Tuca, disposto a ajudá-la.

Tuca sentiu-se corar. Será que ele gostava dela? A cada dia que passava, sentia-se mais atraída por ele. Ele era legal, apesar de gostar de fazer pose com umas bobagens... Ele não precisava daquilo para mostrar que era um cara super.

– Obrigada, Ricardo – disse Lycia –, é muito generoso de sua parte, mas vamos apenas eu e Tuca, se ela quiser ir. Não há por que sacrificar toda a turma.

Capítulo 8

Tuca despertou cedinho e encontrou a madrinha tomando um chocolate com *croissant* no salão do hotel.

– Tuca, meu bem – falou a madrinha ao vê-la –, você não precisa ir. Não sei se terá uma segunda chance de visitar a Disney...

– Já decidi. Esse é um problema da minha família e, portanto, meu também.

Após o café, partiram para o escritório comercial em Paris.

O rapaz que as atendeu reconheceu os documentos como sendo de seu representante.

– Nós não costumamos atrasar a remessa dos equipamentos tanto tempo – comentou sem jeito. – Deve ter havido algum problema... – falou o rapaz, observando as datas nos papéis.

– Por acaso, esteve aqui ontem alguém da filial brasileira? – indagou Lycia.

– Do Brasil? Não. Um momento, por favor, para eu conferir o pedido.

As moças se entreolharam. Quem estava mentindo, Carlos ou o francês?

O rapaz sentou-se junto ao micro e iniciou a consulta. Demorava-se diante do monitor, ora teclando, ora rolando a tela, e, quando começou a balançar a cabeça como quem diz que algo não está certo, o coração de Tuca passou a bater angustiado. Por fim, retornou ao balcão onde aguardavam madrinha e afilhada.

– *Mesdames*, não temos registro algum do pedido e do pagamento.

– Como! – protestou Tuca em português.

Lycia explicou de forma polida que isso não era possível. O pedido e o pagamento haviam sido feitos, bastava olhar a cópia do recibo que elas haviam levado.

– *Madame* – retrucou o rapaz –, o recibo é uma prova de que o dinheiro foi entregue ao meu representante. Mas o dinheiro não foi depositado em nossa conta.

– *Monsieur* – replicou Lycia, com serenidade e energia –, quem escolheu o representante foi a sua firma, logo a responsabilidade é dela e o prejuízo também.

– Primeiramente a madame terá de provar que esses documentos não foram roubados e falsificados.

Lycia encerrou a discussão, disposta a procurar um advogado. De lá seguiram para o cibercafé.

– Guilherme deu um golpe na praça – comentou a executiva. – Lesou provavelmente um punhado de gente além de seu pai. Não enviou as ordens de serviço para Paris e depositou o dinheiro em conta própria e não da firma. Para não levantar suspeitas de imediato, armou essa viagem. Carlos, que é seu cúmplice, já deve ter se juntado a ele. Lamento, Tuca, mas vai ser difícil reaver o dinheiro.

Tuca sentou-se diante do monitor e escreveu para Beto, contando o que haviam descoberto. Lágrimas escorriam-lhe pela face. O sonho de produzir vinho acabara.

À noite, Ayrton telefonou para Lycia. Ele havia se reunido com os demais empresários enganados e o grupo decidira que dois deles deveriam ir à França para tomar as providências necessárias. Tuca pediu para ficar em Paris em vez de seguir para Avignon com a excursão. Queria esperar o pai. A madrinha, entretanto, não permitiu.

– Nada disso. Vamos continuar nosso projeto. Esse é um serviço para a Interpol, a polícia internacional. Guilherme e Carlos já devem estar a anos-luz daqui. E se você permanecer na cidade, Tuca, só vai aumentar as despesas da família.

Tuca reconheceu que a madrinha tinha razão. Sentia-se, porém, triste, infeliz e impotente. Mas procurou mostrar-se bem. Não queria ser tratada como coitadinha.

A excursão saiu cedo para a Gare de Lyon, a estação de trem que os levaria a Provence. Estavam alvoroçados porque viajariam de TGV, um trem de grande velocidade, como suas iniciais indicam.

– Meu pai sempre diz que o transporte de cargas por trem é mais econômico do que por caminhões – lembrou Bia.

– E é ótimo como transporte de passageiros! – acrescentou Marcelo, que já vira os pais e os tios discutindo o assunto.

– Na verdade, o Brasil devia usar mais a navegação de cabotagem! – sentenciou Ricardo com ar de sabe-tudo. O rapaz aguardou ressabiado algum comentário de Tuca. A menina sempre dava um jeito de desafiá-lo.

Fez-se um silêncio grande. Silêncio de ignorância e de medo de mostrar ignorância. E de respeito também. Até mesmo Tuca olhava assombrada para Ricardo. O que era isso de cabotagem?

– Perfeitamente de acordo – exclamou Lycia. – O Brasil tem milhares de quilômetros de costa e transporta mercadoria em lombo de caminhão, quando poderia fazer em navio, levando de um porto a outro, de forma mais econômica, sem precisar gastar tanto na manutenção de estradas.

Ouviu-se um ah geral. Todos entenderam finalmente o que era navegação de cabotagem: era levar a carga de um porto brasileiro a outro, de barco. Ricardo sorriu satisfeito. Desta vez conseguira surpreender até Tuca. "Marquei um tento", pensou.

Nesse momento um trem moderno e vistoso entrou na estação. Era o TGV. Suas formas aerodinâmicas encantaram Leo e Marcelo.

– Vamos entrar na Provence por Avignon – contou Marie Claire, quando todos já haviam se acomodado. – Os primeiros habitantes da Provence foram...

– Os gauleses! – gritou Ricardo.

– Os celtas! – berrou Marcelo.

– Gauleses era o nome que os romanos deram aos celtas! – esclareceu a guia.

Lycia contou que, depois dos celtas, fenícios e gregos invadiram a Provence, ali construíram suas colônias e desenvolveram a região. Só depois é que vieram os romanos, no segundo século antes de Cristo.

– Para vocês verem como é antiga a Provence – dizia ela –, no século III antes de Cristo, Aníbal, que foi um grande general da Antiguidade, armou uma campanha militar audaciosa para derrotar os romanos: assaltar Roma vindo pelos Alpes, essa cordilheira altíssima que fica entre a Itália e a França e ainda se estende por outros países europeus. Para fazer isso, ele atravessou a Provence com seus elefantes e guerreiros, subiu os Alpes, com elefante e tudo, e atacou Roma!

– E ganhou a guerra? – quis saber Ricardo, interessado nos finalmentes.

– Ganhou muitas batalhas e perdeu outras depois. Passaram uns dezessete anos guerreando. Aníbal era de Cartago, que vivia em conflito com Roma. Essa investida de Aníbal foi só a segunda das guerras entre eles. Mas, no final, os romanos ganharam e liquidaram com Cartago. Não deixaram pedra sobre pedra.

O trem começou a se movimentar. Atravessou os subúrbios e foi ganhando os campos.

Marcelo era o que mais se divertia com a viagem. Foi ele quem descobriu o vagão onde estava o bar. Comandou diversas excursões até lá. Ora para levar Bia ou Leo, ora para tomar um refrigerante ou comer um sanduíche. O que mais fascinava o rapaz era andar se equilibrando com o trem em movimento, passando de um vagão para outro.

– Você não vai beber nada? – perguntou a Margarete numa das vezes em que voltava de sua excursão favorita. Ele não conseguia entender o desinteresse da garota pelo bar! Que tonta!

– Não tenho sede.

– Mas para tomar refrigerante não precisa ter sede! – escandalizou-se o garoto.

– Estou bem assim – respondeu a menina, com a garganta seca, perguntando-se se a água do banheiro do trem era potável.

Lycia, que já havia observado algo semelhante no quiosque dos crepes, desconfiou que Margarete estivesse, na verdade, com pouco dinheiro. Por isso, decidida, foi até o bar e voltou com uma garrafa de água mineral, que colocou nas mãos de Margarete.

– Não precisa... Obrigada – balbuciou a menina.

TGV

Margarete esperou que as atenções se desviassem dela para tomar o líquido refrescante. Bebeu até a última gota. Como estava com sede! Iria guardar a garrafa para enchê-la de água nos restaurantes e nunca mais passar sede na viagem.

Marcelo observou disfarçadamente a forma como a garota bebia. É claro que ela estava com sede. E por que tinha dito que não tinha sede? Que tonta! E, de repente, e só então, percebeu que o problema de Margarete não era falta de vontade, era falta de dinheiro. Sentiu-se um idiota, grosseiro e estúpido. Na primeira oportunidade, fez questão de oferecer-lhe algo que até aquele momento ela não provara: um crepe.

– Não estou com fome... – replicara ela diante do crepe de morango que Marcelo lhe estendia.

– Por favor, aceite, eu estou pedindo – insistiu ele com um sorriso acanhado.

A garota pegou o cone de massa e chocolate em suas mãos. Sentiu seu calor e maciez. E o cheiro! Era uma delícia. Provou, que coisa mais gostosa, e retribuiu o gesto de Marcelo com um sorriso aberto. – Obrigada!

O garoto sentiu pela primeira vez que fazia algo realmente legal.

A viagem não demorou muitas horas e logo o TGV estacionava em Avignon. A turma levou um susto ao deixar a estação de trem: diante de seus olhos, sob a luz cristalina do sol de verão, erguiam-se, altas e fortes, em pura pedra, as muralhas de uma cidade da Idade Média.

Capítulo 9

– Uau! Que fantástico! – exclamou Ricardo, diante das muralhas de Avignon.

Leo começou a tirar fotografias para colocar no *site* que pretendia fazer sobre a viagem. Marcelo, que vivia com o pensamento fixo nas lutas, medievais ou de *video game*, imaginava as tropas inimigas fazendo o cerco à cidade e, lá de cima, os guerreiros recebendo-os com uma saraivada de flechas e muito azeite fervente. Ele podia até ouvir o tilintar do ferro das espadas batendo entre si.

Tuca nem se lembrou das guerras. Sonhou com um guerreiro de armadura luzidia e um estandarte nobre a receber de sua amada donzela um lenço antes de se lançar em combate. Que romântico. O guerreiro tinha os traços

de Ricardo e desapareceu tão logo o garoto se aproximou dela e lhe disse:

– Você vai acabar pegando uma insolação se ficar aí sonhando...

Tuca voltou-se para ele e fulminou-o com o olhar. Ainda procurava uma resposta à provocação quando a guia pediu a atenção de todos:

– A Provence foi uma base importante para os Cruzados, que iam para a Ásia e para a África conquistar territórios muçulmanos – contou Marie Claire. – Por aqui também andaram artistas importantes, como Picasso, Van Gogh, Cézanne, Renoir, Matisse e Chagal. Muitos deles influenciaram as artes brasileiras.

"Avignon é uma cidade mágica", foi o que pensou Bia quando a van que os pegou na estação de trem começou a rodar pela cidade. As ruas eram estreitas e antigas, com essa antiguidade de muitas histórias, dramas, lutas e paixões.

Deixaram as malas no hotel e saíram para o primeiro passeio. Tuca não tinha muita vontade de passear. Preferia ficar no quarto, deitada com a cabeça embaixo do travesseiro, deprimida com o golpe que tinham aplicado no pai. Mas a madrinha foi buscá-la.

– Avignon é uma cidade importante desde o século XII – contou Marie Claire. – Em parte por causa desta ponte que vocês podem ver sobre o rio Ródano...

A turma se apinhou em volta da guia, atenta ao largo rio que se entendia à frente, recortado por uma ponte que não alcançava a outra margem. Uma ponte de pedras brancas, quadradas e poéticas, mas pela metade.

– Que ponte? – procurou Ricardo. – Só tem uma que vai até a metade do rio. É uma meia ponte – declarou.

– Meia ponte para quem tem olhos para ver pela

metade. Ela já foi uma ponte inteira e por isso é que era importante – cortou Tuca, satisfeita de dar o troco pelo desaforo que o menino lhe fizera antes.

O pessoal riu. E foi a vez de Ricardo fulminá-la com o olhar.

Lycia explicou que a ponte de St. Bénézet começou a ser construída em 1177 pelo pastor Bénézet. Foi reconstruída duas vezes, mas a força do rio era tanta durante as cheias, que acabava sempre levando uma parte.

Marcelo ficou encantado com o Palais des Papes, o Palácio dos Papas, uma fortaleza de pedra e granito, paredes grossas e salões gigantescos. No alto de suas paredes, podem-se ver as seteiras para a defesa do castelo.

– Os papas – prosseguiu a guia – foram obrigados a deixar Roma em 1309 por causa das guerras na Itália e se transferiram para Avignon, que, por isso, se transformou no centro do mundo católico. Eles construíram esta fortaleza e aqui reinaram vários deles – explicou Marie Claire. – Vieram para cá artistas, mercadores, religiosos e banqueiros. E a cidade transformou-se num poderoso centro de atividades e ideias.

Lycia, que já conhecia a cidade, fez questão de rever os jardins que ficam junto à Catedral de Avignon.

– Eles têm um canteiro de ervas lá em cima do monte. A culinária da Provence é conhecida por seu tempero de ervas finas. Molhos e pratos ficam deliciosos com tomilho, orégano, alecrim, manjerona e outras ervas que são cultivadas na região há centenas de anos.

– Bem que haviam me dito que essa região é a melhor parte da França – acrescentou Tuca. – É mesmo uma beleza, a luz aqui é especial.

– Só é ruim esse vento – reclamou Marcelo, se protegendo do vento forte, que soprava do Mediterrâneo.

Marie Claire explicou que aquele era o Mistral, um vento famoso e comum na região, e que às vezes ventava por diversos dias sem parar.

– Torçam para não pegar o Mistral pela frente quando estiverem pedalando... – comentou.

E ninguém duvidou do que ela falava. Ventava forte mesmo.

O passeio de bicicleta começou no dia seguinte. Estavam todos excitados. Menos Lycia, preocupada com os negócios do irmão, e Tuca, tristonha, procurando disfarçar para não estragar a festa dos outros. A garota acessava seu correio eletrônico toda vez que tinha oportunidade. Por ele ficou sabendo que o pai já partira para Paris com outro empresário ludibriado, Atílio, que falava francês e inglês. Iriam acionar a Interpol para prender Guilherme e Carlos e exigir que a fábrica de máquinas assumisse o prejuízo.

O primeiro dia de passeio nasceu radioso, com o sol apontando por entre os ciprestes. Bia abriu a janela do quarto e percebeu no lindo gramado do hotel um grupo de bicicletas vermelhas à espera deles. Faminta, rapidamente desceu para o café da manhã.

– Gente, olha só que delícia para comer com morango! – exclamou Marcelo, provando o delicado creme de leite que havia numa jarra.

– O iogurte é uma gostosura! – murmurou Tuca.

– Experimente então o pão – retrucou Ricardo, oferecendo-lhe a cesta de pães.

Ricardo até que era legal, pensou Tuca, servindo-se

de um brioche. O problema é que se comportava de forma estranha. Havia momentos, como naquele café da manhã, em que ele se aproximava, conversava com ela, era gentil. Outras vezes, é como se fugisse. Ou fizesse questão de ser desagradável, como na estação de trem. Ela não sabia como agir. Talvez Ricardo gostasse um pouquinho dela, mas não muito. Bia avisara:

– Você fala muito, Tuca, fica mostrando que é inteligente. Os meninos não aguentam isso. Assim você espanta o Ricardo e qualquer outro rapaz!

Tuca dava de ombros.

– Não posso fingir uma coisa que eu não sou – retrucava ela. – Além do que, seria enganá-lo. As pessoas têm de gostar da gente do jeito que a gente é. Se ele não gostar de mulher inteligente, ele que arrume uma burra. Quem ficar comigo, vai ficar porque gosta de mulher inteligente.

Após o café, Marie Claire convidou o grupo para ir ao jardim pegar as bicicletas. Sobre cada bicicleta havia um cartão com um nome escrito.

– Gente, olha só! – exclamou Leo, encantado por descobrir a bicicleta que lhe fora destinada. Nela havia uma espécie de mochila quadrada presa ao guidão, duas garrafas de água no aro, um capacete e uma corrente com cadeado de segredo.

– O melhor de tudo vai ser encher essa mochila! – comentou Bia, extasiada diante de uma vasta mesa cheia de bolachas, frutas, chocolates e cereais.

A guia explicou que eles deviam pegar o que quisessem para comer no caminho. Andar de bicicleta exige energia.

– Encham as garrafas com a água deste tonel. Não deixem de tomar muita água, muita água, para se hidratarem.

Quando o grupo terminou os preparativos e se abasteceu de água e alimentos, Marie Claire os reuniu para instruí-los sobre o passeio daquele dia. Enquanto ela falava, Lycia e Ricardo faziam alongamento, preparando-se para o exercício que estavam prestes a fazer, no que foram, imediatamente, seguidos pelos demais.

– Parem, por favor, com o alongamento e prestem atenção. Todos! – pediu a guia. – Em primeiro lugar, peguem o cadeado da corrente. O segredo é o mesmo para todos. Anotem os números. – E a guia ensinou-os a girar o equipamento para abri-lo. – Vocês têm sobre a mochila, dentro de um plástico, o mapa da região e uma planilha com o roteiro do passeio. Essa planilha indica o caminho que vocês farão hoje: diz onde virar à direita, onde seguir reto ou dobrar à esquerda. Prestem muita atenção para não passar os marcos e se perderem depois. Hoje vocês vão passar por dois lugares muito interessantes. Um é a cidade de Lacoste, o outro é uma pequena ponte de pedra, construída há mais de dois mil anos pelos romanos. É a Pont du Julien. Faremos um piquenique lá perto. Quem estiver cansado é só parar e esperar pela van.

– Nós não vamos precisar de van! – sussurrou Tuca para Bia. A amiga assentiu com a cabeça. Preferiam morrer a passar pelo vexame de serem carregadas.

Marie Claire voltou a pedir a atenção de todos:

– Saindo daqui atravessaremos uma pequena cidade. Parem na tabacaria e comprem um cartão para telefone. Se vocês se perderem, basta me telefonar de um telefone público. O número do meu celular e do hotel estão marcados na planilha. Bom passeio!

O grupo acabou de fazer alongamento, montou na

magrela e partiu em bloco, numa mistura de expressões de alegria e do colorido berrante das roupas de ciclistas.

Em pouco tempo, entretanto, o amontoado de esportistas foi-se esparramando em grupos menores: os mais afoitos e fisicamente preparados à frente, seguidos pelos demais a distâncias variáveis. Em menos de vinte minutos, o segundo grupo já perdera de vista o primeiro. Na turma da frente seguiam Ricardo, Marcelo, Leo, Lycia e Margarete, que apesar de magrinha tinha grande resistência e pedalava forte. Na segunda, vinham Tuca, Bia e Marie Claire. Havia ainda um terceiro e um quarto blocos.

Era fantástico pedalar entre os campos de alfazema, as ruínas de velhos castelos e fortalezas. Pararam em Lacoste para tirar fotografias. Ali encontraram um grupo de americanos em excursão e um casal de italianos também. Aliás, a impressão que se tem é que a bicicleta é o veículo nacional das férias de verão na Provence. Há ciclistas por toda parte.

Foi no segundo dia que a turma teve de enfrentar o Mistral. Quando se pega o Mistral pelas costas numa reta, não há muito que pedalar. Mas pela frente... Para chegar à Fontaine-de-Vaucluse, onde nasce o rio Sorgue, foram obrigados a redobrar os esforços.

Tuca e Bia não conseguiam aceitar o fato de que Margarete estivesse sempre à frente. Parecia tão mirradinha, mas que nada, a menina era valente e seguia sempre no primeiro bloco, sem se cansar, ao lado de Lycia, Marcelo, Leo e Ricardo. Desde então, as amigas passaram a respeitá-la. Marcelo, por seu turno, apreciava a companhia da menina, que, embora tímida, tinha senso de humor e era divertida. Margarete começou a aproveitar a viagem, contente de poder mostrar quem ela era, do que era capaz, e sentir-se aceita pelos demais. Já fazia seus comentários e a turma parava para ouvi-la.

No terceiro dia subiram à cidade de Les Baux-de-Provence, lutando contra os longos quilômetros de íngreme subida. Por sorte não havia Mistral. Chegando ao topo, deixaram suas *bikes* no estacionamento e reuniram-se a Marie Claire para visitar a citadela. Les Baux é uma fortaleza do século X, construída por valorosos guerreiros e de onde se originaram os trovadores do amor cortês.

– *Bau*, em provençal, significa escarpa, e *les baux*, as escarpas – explicou a guia.

– Com certeza! – replicou Leo, suado. – É subida, escarpa, que não acaba mais!

Se era difícil chegar a Les Baux, partir foi fácil. Bastava deixar a bicicleta rolar montanha abaixo, tendo pela frente campos cuidadosamente cultivados. A turma, sempre seguindo as indicações da planilha, tomou a direção da cidade de Saint-Rémy-de-Provence, onde Nostradamus nasceu e escreveu suas profecias, e o pintor Van Gogh recriou a paisagem de oliveiras, montanhas e ciprestes com a maravilhosa luz da região. No caminho, o grupo passou pelas ruínas da cidade romana de Glanum, dedicada à deusa Glana.

– Amanhã visitaremos Glanum e o asilo onde Van Gogh esteve internado para cuidar de sua loucura – informou Marie Claire.

– Glanum? – ensaiou Tuca. – Que nome mais engraçado!

Mal sabia ela que Glanum ficaria em sua memória para sempre, pelo que haveria de ali acontecer.

Capítulo 10

No dia seguinte, o ponto de encontro da turma, marcado na planilha, era o Arco Triunfal da antiga cidade romana de Glanum. Ali visitariam o hospital, hoje museu, onde Van Gogh esteve internado, participariam de uma palestra ao ar livre sobre o pintor para, em seguida, visitar as ruínas da cidade construída há mais de dois mil anos. Tuca partiu para o passeio daquele dia especialmente deprimida: recebera um telefonema do pai, que acabara de chegar a Paris.

– Por enquanto não há novidade nenhuma, minha filha. Vamos conversar com um advogado francês, que nos indicaram, e iremos à polícia – contou Ayrton.

Apreensiva e de coração apertado, nem as palhaçadas de Marcelo conseguiram levantar o ânimo da menina, que percebera na voz do pai o quanto a situação estava perdida.

Tuca ouviu como um zumbi as explicações da guia sobre Van Gogh, o pintor expressionista que havia pintado as cores da Provence, suas oliveiras e girassóis.

– Não foi Van Gogh quem cortou a própria orelha? – quis saber Marcelo.

Em seguida, o grupo deixou o asilo onde o pintor holandês estivera internado, atravessou a estrada e alcançou as ruínas do Arco Triunfal e do Mausoléu, à entrada de Glanum. Persistia em Tuca um sentimento de tristeza e desânimo. Ela mal escutava as explicações de Marie Claire, enquanto os demais vibravam com o que viam e ouviam.

Para Marcelo, que mal sabia o que significavam arcos de triunfo, fora uma descoberta a revelação de que era uma autêntica peça de propaganda de guerra. Em cada face do monumento havia uma cena esculpida na pedra. Embora deteriorada pela ação do tempo, era possível visualizar do que se tratava.

– Neste alto-relevo – mostrava Marie Claire –, observem a representação de dois gauleses, um amarrado e em andrajos, e o outro, livre, ricamente vestido com a toga romana, mostrando ao prisioneiro as vantagens de não lutar contra Roma. Vejam que propaganda poderosa! A mensagem é que Roma trata com dureza os que a ela se opõem e com generosidade aqueles que a ela aderem...

O que o Arco do Triunfo impressionou os meninos, o Mausoléu estarreceu as meninas. Uma das cenas ali representadas exibia uma batalha cuja figura principal era a de uma amazona, lutando e sendo dominada por diversos romanos.

– Eu não sabia que existiram amazonas! – comentou Tuca, despertando.

– Claro que existiram – respondeu Lycia –, mas como a História até recentemente era escrita por homens, que não aceitavam a existência de mulheres guerreiras nem achavam que as amazonas fossem um bom exemplo para suas filhas e esposas, esses fatos não foram estudados. Há no Museu da cidade de Nova York vasos gregos que também registram cenas de batalhas entre gregos e amazonas. Mas os historiadores omitem ou tratam tais evidências como mitos. Francisco de Orellana, conquistador espanhol, escreveu em sua carta que havia encontrado amazonas na América, mas os historiadores nunca deram fé a essas suas palavras, embora lhe dessem crédito em tantas outras passagens da carta. Como se vê, eles selecionaram o que lhes interessava. Por isso, é importante ler a História sabendo quem é o historiador, quais são seus preconceitos e linha ideológica... – concluiu a executiva.

Cerrando os punhos, Tuca decidiu que ela se tornaria uma amazona moderna, lutaria para ajudar a família a juntar o dinheiro necessário para a compra das máquinas. Era chegar ao Brasil e arrumar um emprego durante o dia e estudar à noite.

De lá a turma seguiu Marie Claire rumo à cidade e suas ruínas, distantes uns duzentos metros. Tuca perambulava desatenta entre restos de colunas e monumentos milenários, pensando nos empregos a que poderia se candidatar, quando alguém lhe chamou a atenção. Era um homem alto. Não dava para saber se era calvo por causa do boné. Tinha barba. No entanto Tuca era capaz de jurar que por trás daquela barba e sob aquele boné estava Guilherme. Como era possível?! E a garota lembrou-se, num choque, que fora Guilherme quem lhe dissera, certa vez no clube, que o melhor lugar para se viver era Saint-Rémy-de-Provence.

Tuca tratou de se recuperar do susto e escondeu-se atrás do folheto que tinha nas mãos. Seu coração batia forte e rápido enquanto a menina tentava ordenar os pensamentos para decidir o que fazer. Um rapaz robusto, de óculos escuros, também com boné e barba, se aproximou de Guilherme. Era Carlos Armário, o assistente. A menina abaixou-se como quem amarra o tênis, procurando se esconder. O coração disparou e as batidas eram tão fortes e violentas que ela temia que os dois pudessem ouvir.

Os homens falaram qualquer coisa, passaram em frente ao templo da deusa Glana e seguiram em direção à saída. Tuca decidiu segui-los. Xi, precisava avisar a turma! Olhou ao redor, mas não viu ninguém por perto. Bia tinha ido ao banheiro, os outros estavam longe. Mas ela não podia perder Guilherme de vista! Se conseguisse saber onde estavam hospedados, avisar a polícia e o pai... eles teriam de devolver o dinheiro. Ela tinha que segui-los, mesmo que fosse sozinha: o que não podia era perdê-los de vista.

A menina acompanhou-os de longe, discretamente, para não ser reconhecida. Os dois pegaram suas bicicletas e tomaram o rumo de Saint-Rémy. Tuca, com as mãos trêmulas, rodou o código do cadeado de sua bicicleta, torcendo para acertar da primeira vez. Acertou. Montou em sua magrela e tomou também a direção da cidade. Começava a perseguição.

Capítulo 11

Guilherme e Carlos seguiam pelas curvas da estrada em ritmo de passeio. A estrada estava cheia de ciclistas e era fácil para Tuca passar despercebida. Na verdade não suspeitavam que estavam sendo seguidos. Longe de Paris, não lhes ocorria que a filha de Ayrton pudesse estar em Glanum no mesmo dia em que eles por lá flanavam. Fora uma sorte não ter contado para Carlos qual era o seu roteiro na França. Se houvesse dito, adeus, eles jamais estariam passeando por ali.

Quando eles entraram em Saint-Rémy, Tuca pedalou mais depressa, receosa de perdê-los de vista. A cidade é pequena e charmosa, mas tem grande movimento de carros, ciclistas e turistas. Guilherme tomou uma rua à direita, com uma fileira de carros estacionados junto à calçada. Um carro passou por Tuca e buzinou, reclamando por ela estar no meio da rua. A menina distraiu-se e os perdeu de vista. Para onde tinham ido? À sua esquerda se estendia uma praça. Não estavam lá. Mais adiante havia uma bifurcação. Optou pela rua principal e foi em frente, angustiada com a perspectiva de não os reencontrar. Não tardou, entretanto, e avistou-os, descendo de suas bicicletas diante de uma sorveteria. A menina diminuiu a velocidade, indecisa sobre o que fazer.

Carlos e Guilherme davam as costas para a rua,

ocupados em acomodar suas bicicletas junto à parede. Estavam entretidos e Tuca aproveitou para ultrapassá-los e esconder-se atrás da primeira esquina. De lá se pôs a vigiá-los, fazendo de conta que consultava a planilha. Os homens entraram na loja e de lá saíram com uma casquinha cheia de sorvete. Tomando sorvete com o dinheiro dela! A menina ferveu de indignação. Quem sabe não havia um policial por perto que ela pudesse chamar para prender os dois? Mas ela não falava francês o suficiente para convencer o guarda. Desistiu da ideia. Podia, no entanto, telefonar e avisar tia Lycia, essa sim falava bem francês. Lá do outro lado da rua havia um telefone público junto à praça principal. Como ir até lá sem ser notada?

Decidiu permanecer de tocaia, aguardando o próximo movimento dos homens. Precisava traçar um plano, descobrir um modo de avisar a turma. Talvez pudesse pedir para alguém telefonar a Marie Claire. Tomou um papel da mochila e, com um olho nos homens, outro na planilha, começou a copiar o número do celular. Ainda escrevia quando seu capacete caiu sobre seus olhos, empurrado por alguém. Tuca deu um salto, tomada de susto.

Ricardo examinava o fórum de Glanum com um olho em Tuca, que se achava distante dele. Dali, pôde ver a menina amarrando o tênis e, depois, levantar-se e abandonar o sítio arqueológico. Para onde Tuca estaria indo? Resolveu segui-la. O garoto andava preocupado com o estado de ânimo da menina: ela nem o arreliava mais! Ele podia dizer o que bem entendesse, que ela continuava murcha, ensimesmada, preocupada com o golpe que haviam dado no pai. Nem tinha mais graça "alfinetá-la".

O menino precisou correr para não a perder de vista, cuidando para não tropeçar em tanta ruína dispersa pelo chão. Ao chegar à saída de Glanum, viu-a pedalando em direção a Saint-Rémy. Gritou, acenou, mas Tuca não ouviu.

O que tinha dado nela? Por que estava saindo assim, sem avisar ninguém? Teria enlouquecido? Melhor verificar o que estava acontecendo. O garoto correu para sua bicicleta, lutou com o código do cadeado, que teimava em não abrir, e, finalmente, montou na magrela para ir atrás de Tuca. Mas, a essa altura, ela ia mesmo longe.

– O que você faz aqui? – perguntou a garota, surpresa ao ver Ricardo e ao mesmo tempo aliviada por ter companhia.

– Eu é que pergunto o que você faz aqui, olhando a rua, escondida nesta esquina?

Tuca indicou a sorveteria.

– Está vendo aqueles dois tomando sorvete? Foram eles que deram o golpe no meu pai. O mais alto é Carlos Armário. O outro é Guilherme.

Ricardo examinou os dois sujeitos que se deliciavam com os sorvetes.

Tuca estava para pedir a Ricardo que telefonasse para Marie Claire quando viu Marcelo e Margarete descendo a rua. Acenou para eles, que, numa manobra radical, se postaram a seu lado.

– O que vocês dois estão fazendo aqui, escondidos? – perguntou Marcelo. Depois, voltando-se para Ricardo, explicou: – Margarete viu você saindo e nós decidimos segui-lo.

Tuca colocou-os a par do que sucedia.

cafe

– Precisamos fazer alguma coisa! – exclamou Marcelo, excitado.

– Já estamos fazendo. Vamos seguir esses dois e entregá-los à polícia – retrucou Ricardo.

– Temos de avisar Marie Claire e tia Lycia – recordou Tuca.

– Olha lá um telefone público – indicou Margarete. – Querem que eu vá?

Nesse instante Carlos e Guilherme jogaram no lixo a casquinha de sorvete e tomaram a direção da praça principal, do outro lado da rua. Ali acontecia a famosa feira de Saint-Rémy. Eram barracas de sabonetes dos mais diversos formatos e fragrâncias, tecidos coloridos, saquinhos com ervas secas, azeites e óleos. E também velas: grandes e pequenas, de todas as cores, formas e aromas.

Carlos e Guilherme dirigiram-se a uma barraca de sabonetes, compraram dois e voltaram para suas bicicletas. Desceram a rua sem notar o grupo de jovens junto à esquina. Assim que os dois passaram por eles, a turma seguiu-os. O telefonema para tia Lycia teria de esperar.

– Tuca, fique por último, porque eles a conhecem. Se eles a virem, nós perdemos o fator surpresa – recomendou Ricardo. Embora Tuca não gostasse do que ouvia, deu-lhe razão e se manteve no final da fila.

Os bandidos tomaram uma ruela pequena, abandonando a feira, e seguiram adiante até parar em frente a uma loja de aluguel de bicicletas. Ricardo fez sinal para o pessoal se dispersar e disfarçar. Ele próprio seguiu até o final da rua estreita e lá aguardou. Tuca parou bem antes, colocando-se atrás de um pequeno Renault estacionado do lado oposto à loja. Deitou a magrela para que ninguém a visse nem perguntasse onde estaria o dono.

Não pretendia levantar suspeitas. Margarete, por sua vez, pedalou alguns metros além da bicicletaria e ali parou como quem arruma a corrente. Marcelo postou-se a seu lado para "ajudar".

Guilherme e Carlos devolveram as bicicletas, acertaram o aluguel e encaminharam-se para o pequeno Renault, atrás do qual Tuca se escondera. De onde estava, Marcelo pôde prever o desastre. E agora?! Tuca fora se esconder bem no caminho deles! O que fazer?

A garota viu os homens atravessarem a rua em sua direção. Mais alguns passos e eles a veriam. Enterrou o boné na cabeça, segurou o guidão da bicicleta, preparando-se para o momento de escapulir. O pior é que a bicicleta estava voltada para o lado de onde eles vinham! Teria de manobrar a magrela e escapar sem que eles suspeitassem de nada. Missão impossível aquela!

Capítulo 12

Guilherme e Carlos atravessavam a rua. Marcelo cochichou ao ouvido de Margarete:

– Xi, é agora que eles vão ver a Tuca. Não tem como fugir!

Margarete observou a menina agarrando o guidão, disposta a escapar a todo custo. Os dois homens já estavam no meio da rua quando de repente, surgido do nada, tal e qual um cavaleiro da Idade Média, montado em seu cavalo branco, apareceu um ciclista investindo sobre Guilherme e Carlos.

Guilherme se assustou, parou surpreso, sem conseguir sair do lugar. Ricardo continuou pedalando forte em sua direção. "Que louco", pensou Marcelo, "ele vai atropelar os dois!". No último momento Ricardo desviou e sumiu no final da rua. Guilherme e Carlos ficaram plantados no mesmo lugar, estarrecidos e xingando o ciclista doido. Quando finalmente chegaram à calçada, Tuca não estava mais lá.

Carlos assumiu a direção e levou o pequeno carro para a rua principal. Ia devagar por causa do grande número de turistas, pedestres e ciclistas. Marcelo e Margarete os seguiam. Em breve, Tuca e Ricardo apareceram, cada um de um lado da praça.

– Obrigada, Ricardo. Te devo essa! – agradeceu a menina.

– Se deve – confirmou Marcelo. – Se eles te descobrissem...

– Como é que eu podia adivinhar que aquele carro era o deles? – retrucou Tuca.

O grupo seguiu o Renault, que acabava de contornar a rotatória, tomando a saída para a *route* D5 em direção a Maillane. Como ali havia um telefone público, Tuca parou para telefonar. Marcelo e Ricardo continuaram a perseguição. Margarete prosseguiu com eles, em marcha reduzida, de modo que Tuca a pudesse alcançar.

A estrada era estreita e não permitia tráfego em velocidade. Além disso, Carlos dirigia sem pressa, passeando. Os meninos trataram de avançar com cuidado para que o motorista não notasse que era seguido. Por sorte, havia outros ciclistas na estrada.

Tuca tinha pressa: o problema é que o celular de Marie Claire estava na caixa postal. A menina deixou uma mensagem, resumindo o que acontecera, com os dados do veículo e a direção que tomara. Voltou a montar a bicicleta e disparou pela *route* D5. Na primeira bifurcação topou com Margarete, que a esperava.

As meninas continuaram em alta velocidade, com a intenção de alcançar os rapazes. No primeiro cruzamento toparam com a mochila de Marcelo indicando o caminho. As duas seguiram pedalando forte. Atravessaram uma região de vinhedos, recortada por pequenas estradas de asfalto. Aqui e ali despontava uma casa em meio às árvores, na junção de dois parreirais.

Seguiram naquela rota até se defrontarem com um caminho comprido e reto crivado por uma infinidade de estradinhas que saíam ora à direita ora à esquerda. E até ali nem sinal de Ricardo e Marcelo. As meninas seguiram sem se desviar do curso, certas de que os garotos sinalizariam se tivessem feito um caminho diferente.

Seguiam pedalando, preocupadas, porque já começavam a sentir cansaço, principalmente Tuca, que não tinha o preparo físico de Margarete. Se Guilherme estivesse indo para os Alpilles, que era uma subida só, as meninas não teriam como acompanhá-lo. Nem os meninos. Como estariam eles?

Ao final da reta, embicaram numa curva cujo eixo estava tomado por um *doberman*, rosnando no meio da estrada. Próximo, via-se o casarão que guardava.

Tuca brecou por instinto. Margarete prosseguiu e passou pelo animal, sem alterar a velocidade. E também sem encará-lo. E como o *doberman* a deixou passar, Tuca acompanhou-a, com o coração batendo forte, temendo os dentes da fera em sua perna.

– Cão que ladra não morde – explicou Margarete, quando Tuca a alcançou.

Mais adiante, toparam com uma encruzilhada.

– E agora?

– Aqui! – descobriu Tuca, apontando a mochila de Ricardo.

Continuaram até nova bifurcação da estrada. Ali acharam um capacete.

– Se continuar assim, vamos encontrar Ricardo e Marcelo peladões. – Riu Margarete.

Seguiram por ali até a dobra de uma curva. Sob um grupo de árvores, encontraram os amigos, de tocaia.

Ricardo limitou-se a mostrar-lhes uma casa à frente. Ali estava estacionado o Renault.

– O que vamos fazer? – quis saber Tuca. – Já têm algum plano?

– Esperar é que não dá. Sabe-se lá se eles estão preparando o almoço ou fazendo as malas para ir embora. Temos de detê-los até que Marie Claire venha com a polícia – ponderou Ricardo.

– Quero ver a polícia achar esta casa neste labirinto de estradinhas – observou Marcelo. – Alguém precisa esperar Marie Claire no início da *route* D5 e trazê-la para cá, enquanto nós tentamos impedir que eles fujam.

– Deixa comigo! – dispôs-se Margarete. – Volto para o início da estrada e ainda telefono pra ver se ela recebeu a mensagem da Tuca.

Marcelo retirou do bolso um cartão de telefone e o entregou para a menina.

– Leve mais este – ofereceu.

Margarete tomou o cartão, deu um beijo na face de Marcelo, virou sua magrela e disparou para a rotatória. Ricardo observou que o amigo corava.

O grupo respirou aliviado ao vê-la partir. A garota era rápida e esperta.

– Tenho um plano... – começou Ricardo, quando lá

adiante abriu-se a porta da casa. Era Guilherme, carregando duas malas. O homem parou junto ao bagageiro do carro, abriu o porta-malas e ali jogou a bagagem. Fechou o porta-malas e voltou para a casa.

– Xi, eles estão indo embora! Não temos mais tempo! Venha, Marcelo, vamos esvaziar os pneus.

Tuca viu os garotos correrem e se postarem cada um diante de uma roda do carro.

Ricardo e Marcelo desatarraxaram a tampa da válvula do pneu e pressionaram a válvula para deixar escapar o ar. O problema é que um pneu não se esvazia de repente, toma tempo esvaziá-lo todinho, de modo que o carro não possa rodar. Para Tuca, os meninos estavam demorando uma eternidade. Será que ia dar tempo? Ela nunca havia pensado que esvaziar um pneu demorasse tanto. Nem que Guilherme voltasse a assomar à soleira da porta tão imediatamente. Desta vez trazia uma pasta.

Ricardo e Marcelo, que haviam ouvido o barulho da porta do carro sendo aberta, entreolharam-se e suspenderam o que faziam. O ruído sibilante do ar escapando dos pneus cessou por um momento.

De onde estava, Tuca viu Guilherme fechar a porta do Renault e se afastar. Quando parecia que ele ia entrar na casa, o homem parou. Será que havia percebido alguma coisa? E como quem adivinha algo, deu a volta no carro.

– O que vocês estão fazendo aqui, seus moleques! – gritou em francês, avançando sobre Marcelo e o arrancando de lá aos safanões.

Ricardo atacou-o para que soltasse o amigo e juntos já dominavam o homem quando Carlos apareceu atraído pela gritaria. Mais robustos que os garotos, os homens acabaram por imobilizá-los numa chave de braço.

De seu esconderijo, apreensiva, Tuca viu os homens arrastarem os garotos para dentro da casa. Será que ela estava enxergando bem, ou o nariz de Marcelo sangrava? Ricardo tinha sangue na boca. Pareciam bem machucados. E o pior, os pneus ainda estavam meio cheios!

Agora era a vez dela. Num instante, um turbilhão de pensamentos passou por sua cabeça: medo de ser apanhada e apanhar para valer, como os meninos tinham apanhado, receio de não conseguir esvaziar um pneu, quanto mais dois, e pânico de ver os homens fugindo e a esperança de recuperar o dinheiro da família, perdida. Num milésimo de segundo, Tuca tomou a decisão: ela ia tentar, tentar de verdade, para dar certo!

Correu para o carro. De dentro da casa vinham gritos e ameaças, os rapazes esperneavam, lutavam para não ser amarrados e com isso ganhavam tempo para Tuca.

A garota viu, com alívio, o primeiro pneu murchar por inteiro. Passou para o seguinte. Estava indo bem, quando se deu conta de que o barulho dentro da casa havia acabado. Uma calmaria estranha. E aquele pneu que não descia logo.

Um safanão jogou-a longe.

– Olhe quem está aqui! A filha do Ayrton! – disse Guilherme, agarrando Tuca, que se debatia. A garota conseguiu acertar-lhe um pontapé na canela. O homem largou a mão sobre o rosto da menina e a carregou para dentro. Tuca sentiu um líquido descendo pelo rosto. Devia ser sangue, pelo ar assustado dos meninos ao vê-la. E doía, como doía. Beto, o irmão, pensava que sabia dar soco, qual nada. Soco doído era o do Guilherme...

Ricardo e Marcelo estavam amarrados cada um a uma cadeira. Com brutalidade, Tuca foi lançada sobre uma terceira e ali a prenderam.

– Vocês mentiram, enganaram meu pai! – berrou a garota, que perdera o medo de apanhar. O que importava era ganhar tempo para que Marie Claire e tia Lycia chegassem com a polícia.

– É a vida, Tuca – respondeu Guilherme. – Esse mundo é dos espertos.

Carlos, que havia saído para examinar os pneus, retornou, com a informação de que precisavam trocar um deles. O outro, embora meio vazio, suportaria até o próximo posto de gasolina.

Guilherme começou a ultimar os preparativos para a partida. Recolhia papéis e envelopes esparsos pela mesa, colocando-os ora no bolso, ora numa cesta de piquenique. Finalmente juntou o vinho, sanduíches, queijos e patês e enfiou dentro do balaio de vime.

– Vamos embora – comandou.

– Para onde vocês vão? – quis saber Marcelo, curioso.

– Claro que não vou contar. Espere, posso lhe dizer se vocês fizerem muita questão, mas daí serei obrigado a liquidá-los – declarou, fazendo um gesto de puxar o gatilho de uma arma. – O que escolhem?

Os três emudeceram.

– É melhor matá-los – declarou Carlos, retirando uma pistola da bolsa e colocando-a sobre a mesa perto de Guilherme. – Vou trocar o pneu do carro. Se vocês tentarem qualquer coisa, levam chumbo.

Capítulo 13

Lycia e Bia chegaram ao restaurante onde deveriam almoçar, preocupadas com o sumiço de Tuca, Ricardo, Marcelo e Margarete.

Bia sentia-se na verdade mais do que preocupada. Estava magoada, dolorida por dentro. Um sentimento de rejeição e desconforto se apossara dela, maltratava seu coração e lhe fazia doer a cabeça. Para ela, os amigos haviam descoberto algo divertido e a tinham deixado fora da festa! Provavelmente aproveitaram o momento em que ela fora ao banheiro para escapulir. A menina quase caía no choro só de pensar. Como é que Tuca, sua melhor amiga, pôde fazer isso com ela? Traição! E Marcelo, de quem era prima-irmã? Traição! E Ricardo, de quem se tornara grande amiga? Traição! Só Margarete não a havia traído, porque não havia entre elas laço algum de amizade, parentesco ou compromisso.

No salão do restaurante, Lycia e Bia perceberam a um canto, numa mesa comprida, Marie Claire, que lhes acenava.

– Minha sobrinha e os amigos não estão com você? – perguntou Lycia à guia ao constatar que Tuca e os garotos não se encontravam à mesa com o restante da excursão.

– Não. Pensei que estivessem com você!

Bia enxugou discretamente uma lágrima. Traição!

A guia levantou-se da mesa e se afastou com Lycia e a menina. Não pretendia alarmar ninguém com o desaparecimento dos quatro.

– Muito estranho esse sumiço – comentou Lycia. – Tuca é muito responsável, não iria desaparecer assim sem dar notícia, sem um telefonema. Será que ela não deixou algum recado no seu celular?

Marie Claire percebeu que o aparelho estava com sinal fraco. Saíram para a rua e a guia acessou a caixa postal.

– Tome nota – comandou. Lycia anotava na palma da mão o que Marie Claire repetia alto, à medida que ouvia a mensagem. Após desligar o aparelho, explicou: – Tuca encontrou Guilherme e Carlos nas ruínas de Glanum, seguiu-os com a ajuda dos garotos e de Margarete. O que você tem anotado aí é a placa do carro e a rota que seguiram. Precisamos ir à polícia imediatamente.

A guia retornou para a mesa do restaurante, encarregou seu assistente de continuar a excursão sem ela e seguiu para a delegacia acompanhada de Lycia e Bia, que teimou em ir junto. Com a revelação do que havia sucedido, a ferida do abandono doía mais. Seus amigos metidos numa superperseguição legal e ela de fora... Traição! Nunca mais falaria com qualquer um deles! Ou melhor, primeiro reclamaria de tamanha deslealdade e, daí sim, nunca, nunquinha mais olharia para a cara deles!

Na delegacia, os policiais pareciam ter dificuldade em compreender a gravidade do caso. E não era por conta do idioma, pois Marie Claire era francesa e Lycia dominava bem o francês. A história é que era incrível, inverossímil. Finalmente, as moças conseguiram que o chefe do posto as recebesse.

Determinado, o delegado pegou o telefone e chamou uma locadora de carros, pois, pela chapa, sabia-se que o carro era alugado. Lycia passou os nomes completos de Guilherme e de Carlos, que foram repassados ao atendente da locadora. O policial ouviu atentamente a resposta e fez algumas anotações. Quando desligou, balançava a cabeça, confuso.

– O carro não está alugado sob nenhum desses nomes. Está em nome de um tal Jean Pierre Lacroix.

Lycia argumentou que, se Guilherme estava fugindo, provavelmente não utilizaria o nome usado no Brasil. Afinal, não era tolo. Sabia que seria procurado.

O celular de Marie Claire começou a tocar. Era Margarete.

– *Monsieur* – falou a guia para o policial –, quem está ao telefone é um dos adolescentes para avisar que localizaram a casa onde Guilherme está escondido. Ela está nos esperando na rotatória que leva à *route* D5.

O policial levantou-se decidido.

– Vamos verificar isso. E é bom que seja verdade – ameaçou.

Foram destacadas duas viaturas de polícia para a captura de Guilherme. Numa delas iam Lycia, Marie Claire e Bia. De vez em quando o policial motorista ligava a sirene para abrir passagem. O trânsito era pesado naquela quarta-feira, dia da tradicional feira de Saint-Rémy. Chegando à rotatória, Bia descobriu Margarete, aguardando recostada à bicicleta, que estava presa a um poste. A menina entrou imediatamente no carro. E passou a contar o que havia acontecido, enquanto mostrava o caminho.

– Agora, à direita – dizia Margarete.

POLICE
POLICE

– *À droite, s'il vous plaît* – traduzia a guia, sempre acrescentando o *s'il vous plaît,* obrigatório, que é o equivalente ao *por favor* em português.

Bia começou a se sentir menos traída à medida que se inteirava do que acontecera. Na verdade, constatar que os amigos haviam sido corretos e leais era um alívio. Seu coração acabrunhado voltou a bater em paz.

Carlos retornou da troca do pneu. Guilherme já finalizara os preparativos.

– Podemos ir embora, chefe – avisou, tomando a arma.

– O que vocês vão fazer conosco? – perguntou Ricardo, tentando ganhar mais um tiquinho de tempo, desta vez para não morrer.

Guilherme e Carlos se entreolharam.

– Não podemos deixá-los aqui como testemunhas de nossa passagem por Provence – declarou Carlos. E, passando da palavra à ação, encostou o cano da arma na cabeça de Tuca e a destravou.

Capítulo 14

Os carros de polícia seguiam céleres pelas estradas estreitas, ladeadas por parreirais e vinhedos. Margarete apontou a bifurcação onde deviam entrar. Os objetos que sinalizavam o caminho ainda estavam lá.

– Agora é ir reto até aquela curva. De lá já dá para ver a casa e o carro.

O motorista fez o que lhe indicavam e logo mais descobriram sob uma árvore três bicicletas. Mas não os ciclistas. Onde estariam? Ao sair da curva, surgiu a casa. Sozinha, sem o Renault a lhe fazer companhia diante da porta.

– Onde está o carro? – surpreendeu-se Margarete.

– Eles fugiram! – constatou Marie Claire.

– O que aconteceu com Tuca e os garotos? – preocupou-se Lycia.

O policial acelerou fundo, passou pela casa e seguiu reto, fazendo cantar os pneus na curva que se seguia. Lá estava, ao final do longo trajeto, o Renault. O motorista ligou a sirene e, com ela zunindo, ultrapassou o carro. Com uma fechada espetacular, o obrigou a parar.

Os policiais desceram imediatamente, cercaram os ocupantes do veículo e pediram os documentos. Guilherme se identificou como Jean Pierre Lacroix. E entrou num estado de apoplética fúria ao saber que deveria voltar a Saint-Rémy para prestar informações à polícia antes de prosseguir viagem. Era acusado de estelionato e roubo no Brasil.

– Não tenho tempo para ir a lugar algum. Sou cidadão francês e não tolero ser coagido assim. Tenho residência em Avignon e é para lá que estou indo, agora, para um compromisso importante. Se o senhor quiser, amanhã compareço à delegacia – vociferou Guilherme.

– O que vocês fizeram com Tuca, Ricardo e Marcelo? – indagou Lycia em português, aproximando-se.

Guilherme fez um trejeito tipicamente francês, demonstrando que não entendia o que ela falava. A moça repetiu a pergunta em francês. Guilherme voltou a dar de ombros, sem responder.

Apesar da reclamação, Guilherme e Carlos foram obrigados a entrar no segundo carro da polícia para voltar a Saint-Rémy. Um policial tomou o assento do motorista no pequeno Renault.

– *Monsieur*, poderia parar na casa, *s'il vous plaît*? – pediu Lycia. – Os garotos e minha sobrinha devem estar aí dentro.

Bia, Margarete e Lycia desceram do carro com o coração angustiado, temendo o pior. Margarete, aflita, dizia aos policiais, com a ajuda da tradução simultânea de Marie Claire, que seus amigos deviam estar dentro da casa. Chamou por eles, mas não houve resposta.

Os policiais tocaram a campainha e aguardaram. Ninguém veio abrir. Procuraram pelos garotos e Tuca nas imediações. Não os encontraram. Onde estariam?

Guilherme pediu para deixar o carro onde estava e se aproximou. Percebera que os policiais não iriam embora sem solucionar o desaparecimento dos garotos.

– Os donos não estão. Esta casa está alugada para nós. Vou lhes abrir a porta – disse, mostrando a chave.

– Estávamos saindo da casa, quando fomos assaltados por bandidos. O que fizemos, fizemos em legítima defesa, garanto! – frisou, abrindo a porta.

E o quadro que se viu era terrível.

Capítulo 15

Amarrados e amordaçados, sangrando, Tuca, Ricardo e Marcelo. Mas de olhos arregalados e vivos!

Lycia tratou de desamarrar Tuca, enquanto Margarete libertava Marcelo. Marie Claire cuidou de Ricardo. Horrorizada, Margarete limpava o rosto machucado de Marcelo com um pano úmido. Ele tinha o nariz quebrado.

– Fomos obrigados a amarrar esses moleques – explicou Guilherme para o policial –, pois eles queriam nos assaltar! Nossa ideia era levá-los à polícia quando voltássemos de nosso compromisso em Avignon.

– Estão mentindo! Iam abandoná-los aqui – retrucou Lycia, enquanto abraçava a sobrinha. – Eles são estelionatários, roubaram meu irmão e vários empresários no Brasil.

– *Messieurs* – prosseguiu Guilherme –, esse pessoal é *fou,* louco, eles estão inventando tudo. Nem conheço esse país, não fiz nada de errado e preciso seguir viagem! Sem dúvida, estão me tomando por outra pessoa. Mas aproveito a presença dos senhores para prestar queixa contra estes malandros!

Os policiais avisaram que tudo seria esclarecido na delegacia. Ali Guilherme explicaria o que acontecera. E para lá se dirigiram.

Na delegacia Guilherme irrompeu a reclamar. Era cidadão francês, fora agredido por aqueles moleques doidos, que pretendiam roubá-lo. Além disso, não havia nenhuma acusação formal contra ele nem provas de estelionato. Deviam estar tomando-o por outra pessoa. Os policiais mostravam-se ligeiramente inquietos, desconfortáveis, pois Guilherme era persuasivo e sabia argumentar. E exigia também que tomassem uma providência quanto aos garotos que os haviam assaltado. Ao final, o policial-chefe voltou-se para Lycia:

– Madame, não há muito o que possamos fazer. Não há mesmo provas. Vamos tomar o endereço deles e voltar a procurá-los quando a senhora nos trouxer uma prova consistente de que eles são estelionatários. No momento não há mais nada que eu possa fazer. Agora, quanto aos meninos, é evidente que assaltaram *Monsieur* Lacroix e ele teve de se defender. Preciso do passaporte deles para tomar providências. Estão terminantemente proibidos de deixar a região até segunda ordem.

Lycia e Tuca se entreolharam. Não era possível que fossem perder Guilherme assim. E Tuca e os meninos ainda corriam o risco de ser expulsos da França por tentativa de assalto. Não era justo! Tuca observou Guilherme e Carlos despedindo-se dos policiais, enquanto entregava seu passaporte para o delegado.

Quando Guilherme e Carlos já saíam, a menina teve uma inspiração:

– Olhem a cesta de piquenique!

Lycia percebeu, na urgência da voz da afilhada, que ali poderia haver uma esperança. E pediu ao delegado que verificasse a cesta. Guilherme protestou. Segundo ele, era um abuso!

O delegado lançou um olhar aborrecido para Lycia, que, no entanto, não se deixou intimidar. Pediu, instou, Marie Claire também insistia. Guilherme revidava, argumentando que aquilo era mais um absurdo. Finalmente, vencido, o chefe dos policiais mandou que alguém fosse buscar a cesta no carro. Guilherme continuou a reclamar, encolerizado.

Trouxeram a cesta, que foi posta diante do delegado. De lá despontavam apetitosos o vinho, queijos e pães.

– Veja, não há nada! – protestou Guilherme, agarrando a cesta.

O delegado fez um sinal para que ele se afastasse. Foi retirando cuidadosamente cada item da cesta e colocando de lado. Fazia alguns comentários engraçados, sobre o vinho e sobre os queijos, dirigidos à Lycia, como se dissesse: "viu, não há nada de mais aqui". Mas, de repente, parou no meio de uma frase. Mudou o semblante. E começou a retirar do fundo da cesta envelopes, que colocava sobre sua escrivaninha. Fez-se silêncio. Guilherme já não reclamava, Tuca nem respirava. O delegado pegou o primeiro envelope. A menina não sabia o que eles poderiam conter, mas tinha esperança de que fosse algo que incriminasse Guilherme e Carlos. O delegado arqueou a sobrancelha ao verificar o que continha o primeiro envelope. Dele retirou um passaporte. Abriu-o e fez um sinal discreto para os policiais, que imediatamente se puseram em estado de alerta, próximos a Carlos e Guilherme, que se mexeram inquietos. O delegado examinou o que havia no restante dos envelopes. Ao todo eram seis passaportes: dois brasileiros, dois franceses, um italiano e um inglês. Ali estavam, consistentes, as provas.

Capítulo 16

Ricardo, Tuca e Marcelo chegaram do hospital acompanhados por Lycia, Bia e Margarete. O pessoal da excursão os recebeu na piscina com uma salva de palmas.

– Quando Carlos encostou a arma na minha cabeça – contou Tuca –, pensei que iria morrer!

– A sorte foi que Guilherme não deixou Carlos puxar o gatilho! – atropelou Marcelo.

– Então esse Guilherme não é tão mau assim – ponderou alguém.

– Não foi por bondade – explicou Ricardo. – Ele achava que o assassinato de três adolescentes produziria uma comoção nacional, sairia em todos os jornais e acabaria chamando a atenção sobre eles. A polícia investigaria, interrogaria quem lhes alugou a casa, os vizinhos, seria muito pior.

Lycia e Tuca deixaram o pessoal na piscina e foram telefonar para Ayrton, em Paris.

– Ayrton, temos novidades! Pegamos Guilherme e Carlos!

– Como? Quem pegou? – Ayrton não conseguia acreditar.

– A *minha afilhada* com os amigos! – frisou Lycia, orgulhosa, passando o telefone para a menina.

– Você está machucada, minha filha?

– Quase nada, pápi – replicou Tuca. Não valia a pena deixar o pai preocupado. Ela lutara como uma verdadeira amazona, batera e apanhara. Tinha um derrame no olho esquerdo e marcas de socos na face. Mas o médico dissera para não se preocupar, pois o derrame e as marcas seriam absorvidos pelo organismo.

Ayrton voltou a falar com a irmã para se inteirar das providências tomadas.

– Vamos deixar Paris imediatamente. Chegaremos a Saint-Rémy hoje à noite!

– Xi! – preocupou-se Tuca, que não contava que o pai a visse tão cedo. Teria um susto e tanto ao ver seu estado.

Não era só Tuca que estava bem machucada. Ricardo tinha os lábios e um lado do rosto muito inchados. Marcelo, por sua vez, carregava o curativo sobre o nariz tratado no hospital. A seu lado tinha Margarete, que o cercava de cuidados.

Na hora do jantar, a turma reuniu-se para comemorar. Só faltavam Marcelo e Margarete.

– Olha só! – cochichou Bia para Tuca. Marcelo e Margarete chegavam de mãos dadas!

Tuca não pôde deixar de pensar que bom seria se isso acontecesse entre ela e Ricardo. Mas Ricardo era imprevisível, ela já sabia. Às vezes se aproximava atencioso, outras, fugia como se ela fosse a peste.

No dia seguinte, Ricardo, Tuca e Marcelo se encontraram no café da manhã, reclamando do corpo dolorido e do estado lastimável de seus rostos.

– Eu não sabia que doía tanto – reclamou Marcelo. – No cinema todo o mundo bate, todos apanham e ninguém reclama de dor. Ai, como dói...

– Foi por uma boa causa – comentou Ayrton, abraçando a filha. – Eu gostaria de agradecer em meu nome e de todos os empresários lesados tudo o que vocês fizeram para nos ajudar. Se não fossem vocês – disse Ayrton, abarcando num gesto amplo todos os envolvidos na aventura –, eles teriam fugido e não reaveríamos o dinheiro.

Depois do café, Ayrton foi à polícia acompanhar os trâmites da prisão de Guilherme e Carlos. Ali soube que a polícia descobrira nas anotações de Guilherme o número das contas e dos bancos onde estava escondido o dinheiro roubado dos clientes. A Interpol fora acionada e informara que Guilherme e Carlos já eram procurados em outros lugares por golpes semelhantes.

A excursão estava no final, mas para Tuca era como se tivesse começado. Sentia-se finalmente alegre e despreocupada. A menina pôde, então, apreciar a maravilhosa luminosidade da Provence, sentir seu sol quente nos ombros e aspirar o perfume delicioso de seus campos de alfazema.

E foi com esse espírito que ela se apresentou para as instruções de praxe sobre a rota que percorreriam naquele dia. Logo após os comentários de Marie Claire, aconteceu a primeira surpresa do dia. Ricardo não disparou no time da frente com Leo, Marcelo, Margarete e Lycia.

– Você não vem conosco? – surpreendeu-se Leo, percebendo que o amigo não largava com eles.

– Não. Podem ir à frente – respondeu Ricardo, ajustando a velocidade de sua *bike* à de Tuca.

O passeio previa uma passagem com direito a piquenique no aqueduto romano de Pont du Nord. Tuca sentia-se um pouco ansiosa. Ricardo nunca se interessara em seguir no grupo dela, que era mais lento.

Os dois fizeram o caminho conversando. Tuca procurou pedalar o mais depressa que pôde, para não obrigar Ricardo a sair muito de seu ritmo. Se ele estava cedendo um pouco, ela também podia ceder outro tanto. E, assim, acabaram por se isolar, distanciando-se do grupo de trás, sem alcançar o da frente.

Quando chegaram ao local do piquenique, Tuca achou que Ricardo iria sumir, como ele sempre fazia. Mas não. O menino esperou que ela se servisse e juntos sentaram-se sob a sombra de uma árvore mais distante.

Ali, de onde estavam, podiam admirar os arcos de mais de dois mil anos do antigo aqueduto.

– Nem sei como vou comer isso. Minha boca dói tanto... No café da manhã nem consegui comer direito – confessou Ricardo, analisando o sanduíche sob diversos ângulos para ver por onde seria menos dolorido começar.

– Nós estamos machucados mesmo – murmurou Tuca, num fio de voz. Sentia-se meio nervosa, desacostumada à presença de Ricardo a seu lado.

O rapaz olhou para ela.

– Seu olho melhorou um pouco – disse num sussurro, a voz um pouco rouca.

Tuca fitou Ricardo. Ah, aqueles olhos azuis que mexiam com ela! Não conseguia deixar de fitá-los. Sentia-se um monstro com aquele derrame no olho esquerdo, mas era como se Ricardo não notasse.

Seus olhos mergulharam nos dele e ali se perderam, apaixonados. E o mundo parou quando Tuca sentiu nos seus os lábios de Ricardo, beijando-a num beijo cuidadoso de quem está bem machucado.

COLEÇÃO JABUTI AVENTURA

Editora Saraiva

SILVIA CINTRA FRANCO

AVENTURA na FRANÇA

Apreciando a Leitura

■ Bate-papo inicial

Por entre castelos medievais, cidades cercadas por muralhas e aquedutos do tempo dos romanos, Tuca e seus amigos vão realizar um grande sonho: um belo passeio ciclístico nas fascinantes paisagens da região da Provence, na França.

O que Tuca e sua turma não sabem é que o passeio, que prometia ser uma gostosa e pacífica pedalada com novos amigos, vai se transformar numa perigosa aventura, recheada de sustos, perseguições e um surpreendente golpe internacional envolvendo Tuca e sua família.

■ Analisando o texto

1. O pai de Tuca era uma pessoa de boa vontade, mas a viagem que ela tanto queria ele não poderia dar. Ele tinha um bom motivo para isso, que sua filha compreendia. Que motivo era esse?

R.: ____

____

2. Margarete também fazia parte da excursão, porém ela se considerava distante, isolada dos outros jovens. Por que ela se sentia dessa maneira?

R.: ____

____

3. O golpista Guilherme e seu assistente Carlos Armário sumiram do Brasil sem deixar vestígios: estavam foragidos, levando com eles dinheiro de muitas famílias. Como Tuca conseguiu localizá-los?

R.: ____

Linguagem

4. A França teve significativa influência na colonização do Brasil. Ainda hoje, Brasil e França são importantes parceiros comerciais: consumimos produtos franceses, como doces e chocolates, automóveis, perfumes, roupas etc. A cultura francesa também está presente por aqui por meio de músicas, filmes, livros, culinária...
Uma forte influência da França em nossa cultura ocorre em nossa língua. Muitas palavras de nosso vocabulário têm origem na língua francesa: madame, chofer e abajur são alguns exemplos.
Faça um levantamento e procure descobrir outras palavras do Português que vieram da língua francesa.

■ Redigindo

5. Impressionado com a explicação de Tia Lycia sobre a Revolução Francesa e suas origens, Ricardo fez um comentário bastante interessante:

"— Com a multidão de gente miserável que tem no Brasil, é de espantar que eles ainda não tenham feito uma revolução igual (...)".
Você acha que uma revolução é a melhor solução para os miseráveis de nosso país? Qual a sua sugestão para que haja maior igualdade social no Brasil? Que medidas você acha que nossos governantes deveriam tomar?

Escreva suas ideias em uma carta para que elas sejam enviadas ao Ministério de Assistência e Promoção Social, órgão responsável pela diminuição das desigualdades sociais. O endereço do Ministério é *Esplanada dos Ministérios, Bloco A, 1º andar, CEP 70054-900, Brasília-DF.* Ajude você também a melhorar o Brasil!

Ampliando

6. "Na véspera, a turma havia se reunido na casa de Bia para pesquisar sobre a Provence. Pesquisaram diversos *sites* e descobriram coisas fantásticas. Viram fotos de castelos da Idade Média, pontes com mais de dois mil anos, campos coloridos de alfazema..."

Você já ouviu falar na região francesa da Provence (ou Provença), famosa por suas paisagens, aromas e sabores? Então faça como Tuca e sua turma e pesquise sobre o assunto, procurando dados e informações em livros, revistas, enciclopédias e na Internet.

7. Tuca e sua família vivem onde se produzem os melhores vinhos brasileiros: nas serras gaúchas, região enfeitada por vinhedos e perfumada por aromas de diversos tipos de uva e de outras plantas. Por tudo isso, as serras gaúchas são uma ótima opção para quem gosta de viajar. Muitas revistas, livros e *sites* trazem informações sobre essa região de grande importância econômica e turística para nosso país. Para melhor conhecê-la, faça uma pesquisa e apresente o resultado em classe.

8. Tuca, Bia e a turma toda tiveram a oportunidade de conhecer um local fabuloso: o mundialmente conhecido Museu do Louvre. Lá estão expostas muitas obras de arte famosas, como a *Monalisa*, de Leonardo da Vinci, objetos e tumbas do Egito Antigo, esculturas da Grécia Clássica e muitas outras coisas fascinantes. Você pode obter mais informações sobre o museu e seu acervo no *site* www.louvre.fr (em francês). *Bon voyage!*

9. Em um de seus passeios ciclísticos, nossos amigos chegaram até a cidade de Saint-Rémy-de-Provence. Nesta cidade, viveram dois personagens importantes da História: o místico Nostradamus e o pintor Vincent Van Gogh.
Você, certamente, já ouviu falar das profecias de Nostradamus ou do fato de Van Gogh ter tido a sua orelha cortada. Como vê, essas figuras têm uma biografia bem curiosa. Escolha uma delas e faça uma

pesquisa, apresentando depois suas descobertas à classe. Muitos livros falam sobre esses personagens. Pesquise numa biblioteca ou na internet para saber mais sobre o assunto.

Pesquisando

10. Marcelo viu-se envolto no mundo das drogas, com todos os problemas acarretados por elas. Sua sorte foi ter caído na real a tempo de poder fazer um tratamento de recuperação com o apoio dos pais e de seus amigos. Seu colega Alex, porém, não teve a mesma sorte. As drogas são um dos grandes males de nossa sociedade. Responsáveis por milhares de mortes de jovens brasileiros, estão intimamente ligadas à criminalidade. As histórias de Marcelo e Alex se repetem todos os dias em nosso país. Para conhecer melhor o assunto, faça uma pesquisa e, usando a criatividade, elabore painéis e cartazes explicativos que mostrem como funciona a indústria criminosa do tráfico e os prejuízos que as drogas trazem para nossas vidas. Espalhe seus painéis pela escola, para que todos tenham a oportunidade de saber mais sobre as drogas, mantendo-se longe delas.

11. Tia Lycia até que se dispôs a bancar a viagem de Tuca. No entanto, fez a exigência de que a sobrinha descobrisse o CNPJ da agência de viagens. No Brasil, qualquer empresa que queira funcionar regularmente deve ter seu CNPJ. Você sabe o que quer dizer essa sigla? Informe-se com seus pais ou familiares e descubra o que ela significa.

R.: ____

Refletindo

12. Releia estes trechos extraídos do livro:

"Tuca tinha quinze anos. (...) Pretendia estudar Administração de Empresas quando crescesse e trabalhar numa fábrica de sorvetes, para unir o útil ao agradável. E ganhar seu próprio dinheiro para fazer o que quisesse sem depender dos pais."

"Para Marcelo estar naquela alegria toda, ele devia ter ganhado uma guitarra elétrica nova. O sonho do amigo era ser roqueiro."

E você, qual é o seu sonho em relação à vida profissional? Qual profissão gostaria de ter? Por que a considera como sendo ideal para você?

R.: ____

____

____

13. Tuca era bem informada e sabia exatamente como seus pais conseguiam manter sua casa, seus estudos e tudo o mais de que precisassem. Você é inteirado nesses assuntos de sua família? Qual a profissão de seus pais? O que você acha do trabalho deles?

R.: ____

____

____

14. O que Tuca e sua turma mais gostavam de fazer era dar uma bela pedalada em suas bicicletas, passar o dia inteiro visitando bonitas paisagens e no final fazer um delicioso piquenique. E você? O que mais gosta de fazer na companhia de seus amigos? O que tem essa atividade de tão gostosa?

R.: ____

____

15. A classe de Tuca e Bia recebeu uma tarefa muito interessante de sua professora de Ciências: durante um mês eles deveriam cuidar de ovos-bebê. Os ovos-bebê simulavam verdadeiros bebês e deveriam ser cuidados como tais. Essa tarefa tinha como objetivo fazer a turma compreender o que significa ter um filho, enquanto se é adolescente. Que tal você também fazer essa experiência? Releia o final do primeiro capítulo do seu livro para lembrar como ela é.

16. Releia este pequeno trecho do livro:

"Que azar, justo com aquela garota ele tinha deixado escapar aquele lado meio grosseiro, meio trator... E agora ela não queria saber dele nem pintado de verde e amarelo. O que fazer? Pedir desculpas? De que jeito? Muito difícil, muito complicado."

Ricardo havia irritado Tuca e sentiu-se mal por isso. Porém, pedir desculpas era algo muito complicado para ele, que só conseguiu se ver às boas com Tuca quando se mostrou prestativo e correto na agência de viagens.
Que atitude você toma quando, ainda que sem querer, magoa alguém querido? Você também acha difícil pedir desculpas? Por quê?

R.: ____

____

____

17. Margarete só pôde ir à França porque havia ganhado sua passagem em um sorteio. Ela não tinha dinheiro como as outras pessoas da excursão. Não podia acompanhar os gastos da turma; sentia-se isolada, incompreendida, feia e deslocada.
Você acha que a falta de dinheiro é motivo para tudo isso? O dinheiro é capaz de tornar uma pessoa simpática e legal?

R.: ____

____

18. Bia vivia tentando dar conselhos para Tuca sobre como a amiga deveria lidar com os garotos. Para ela, Tuca vivia se mostrando inteligente e isso espantava os rapazes. Tuca no entanto tinha essa opinião:

"— Não posso fingir uma coisa que eu não sou – retrucava ela. Além do que, seria enganá-lo [refere-se ao Ricardo]. As pessoas têm de gostar da gente do jeito que a gente é."

Você concorda com Tuca? Por quê?

R.: ____

____

■ Trabalho interdisciplinar

19. Em seu passeio por Paris, nossos amigos ciclistas fizeram uma visita a um ponto turístico de grande importância histórica: o local onde ficava a Prisão da Bastilha. Em 1789, revoltada com altos impostos e com os privilégios dados à nobreza e ao clero, a população invadiu e pôs abaixo a Bastilha, episódio conhecido como *A Queda da Bastilha*, ato que se tornou um dos símbolos da Revolução Francesa, movimento popular cujo lema era *Liberdade, Igualdade e Fraternidade.* A Revolução Francesa mudou o rumo da França e do mundo, deixando marcas na História, nas Artes e na Filosofia.
Com a supervisão de seu professor de História, faça um trabalho de pesquisa sobre a Revolução Francesa. Procure levantar a origem, as causas, as consequências e a influência na História que tal revolução teve no resto do mundo. Enciclopédias (que, a propósito, foram criadas por revolucionários franceses), livros de História e Internet servirão como fonte de dados e informações para seu trabalho.

Para qualquer comunicação sobre a obra, entre em contato:
SARAIVA Educação S.A.
Avenida das Nações Unidas, 7.221 – Pinheiros
CEP 05425-902 – São Paulo – SP
www.editorasaraiva.com.br
Tel.: (0xx11) 4003-3061
atendimento@aticascipione.com.br

Escola: __________

Nome: __________

Ano: __________ Número: __________

COLEÇÃO JABUTI

Adeus, escola ▼◆▤⊠
Amazônia
Anjos do mar
Aprendendo a viver ◆⌘■
Aqui dentro há um longe imenso
Artista na ponte num dia de chuva e neblina, O ✱★⌖
Aventura na França
Awankana ✎☆⌖
Baleias não dizem adeus ✱🕮⌖○
Bilhetinhos ✪
Blog da Marina, O ⌖✎
Boa de garfo e outros contos ◆✎⌘⌖
Bonequeiro de sucata, O
Borboletas na chuva
Botão grená, O ▼✎
Braçoabraço ▼⚐
Caderno de segredos ❑◎✎🕮⌖○
Carrego no peito
Carta do pirata francês, A ✎
Casa de Hans Kunst, A
Cavaleiro das palavras, O ★
Cérbero, o navio do inferno 🕮☑⌖
Charadas para qualquer Sherlock
Chico, Edu e o nono ano
Clube dos Leitores de Histórias Tristes ✎
Com o coração do outro lado do mundo ■
Conquista da vida, A
Da matéria dos sonhos 🕮☑⌖
De Paris, com amor ❑◎★🕮⌘⊠⌖
De sonhar também se vive...
Debaixo da ingazeira da praça
Desafio nas missões
Desafios do rebelde, Os
Desprezados F. C.
Deusa da minha rua, A 🕮⌖○
Devezenquandário de Leila Rosa Canguçu ✈
Dúvidas, segredos e descobertas
É tudo mentira
Enigma dos chimpanzés, O
Enquanto meu amor não vem ●✎⌖
Escandaloso teatro das virtudes, O ✈☺
Espelho maldito ▼✎⌘
Estava nascendo o dia em que conheceriam o mar
Estranho doutor Pimenta, O
Face oculta, A
Fantasmas ⌖
Fantasmas da rua do Canto, Os ✎
Firme como boia ▼⌖○
Florestania ✎
Furo de reportagem ❑✪◎🕮⚐⌖
Futuro feito à mão
Goleiro Leleta, O ▲
Guerra das sabidas contra os atletas vagais, A ✎
Hipergame ๛🕮⌖
História de Lalo, A ⌘
Histórias do mundo que se foi ▲✎✪
Homem que não teimava, O ◎❑✪⚐○
Ilhados
Ingênuo? Nem tanto...
Jeitão da turma, O ✎○
Lelé da Cuca, detetive especial ☑✪
Leo na corda bamba
Lia e o sétimo ano ✎■
Luana Carranca
Machado e Juca †▼●☞☑⌖
Mágica para cegos
Mariana e o lobo Mall 🕮⌖
Márika e o oitavo ano ■
Marília, mar e ilha ▤✍✎
Matéria de delicadeza ✎☞⌖
Melhores dias virão
Memórias mal-assombradas de um fantasma canhoto
Menino e o mar, O ✎
Miguel e o sexto ano ✎
Miopia e outros contos insólitos
Mistério mora ao lado, O ▼✪
Mochila, A
Motorista que contava assustadoras histórias de amor, O ▼●▤⌖
Na mesma sintonia ⌖■
Na trilha do mamute ■✎☞⌖
Não se esqueçam da rosa ♠⌖
Nos passos da dança
Oh, Coração!
Passado nas mãos de Sandra, O ▼◎⌖○
Perseguição
Porta a porta ■▤❑◎✎⌘⌖
Porta do meu coração, A ◆⚐
Primeiro amor
Quero ser belo ☑
Redes solidárias ◎▲❑✎⚐⌖
Reportagem mortal
romeu@julieta.com.br ❑▤⌘⌖
Rua 46 †❑◎⌘⌖
Sabor de vitória ▤⌖○
Sambas dos corações partidos, Os
Savanas
Segredo de Estado ■☛
Sete casos do detetive Xulé ■
Só entre nós – Abelardo e Heloísa ▤■
Só não venha de calça branca
Sofia e outros contos ☺
Sol é testemunha, O
Sorveteria, A
Surpresas da vida
Táli ☺
Tanto faz
Tenemit, a flor de lótus
Tigre na caverna, O
Triângulo de fogo
Última flor de abril, A
Um anarquista no sótão
Um dia de matar! ●
Um e-mail em vermelho
Um sopro de esperança
Um trem para outro (?) mundo ✖
Uma trama perfeita
U'Yara, rainha amazona
Vampíria
Vida no escuro, A
Viva a poesia viva ●❑◎✎🕮⌖○
Viver melhor ❑◎⌖
Vô, cadê você?
Zero a zero

★ Prêmio Altamente Recomendável da FNLIJ
☆ Prêmio Jabuti
✱ Prêmio "João-de-Barro" (MG)
▲ Prêmio Adolfo Aizen - UBE
✍ Premiado na Bienal Nestlé de Literatura Brasileira
☛ Premiado na França e na Espanha
☺ Finalista do Prêmio Jabuti
♁ Recomendado pela FNLIJ
✖ Fundo Municipal de Educação - Petrópolis/RJ
✪ Fundação Luís Eduardo Magalhães
● CONAE-SP
⌖ Salão Capixaba-ES
▼ Secretaria Municipal de Educação (RJ)
■ Departamento de Bibliotecas Infantojuvenis da Secretaria Municipal da Cultura/SP
◆ Programa Uma Biblioteca em cada Município
❑ Programa Cantinho de Leitura (GO)
♠ Secretaria de Educação de MG/EJA - Ensino Fundamental
☞ Acervo Básico da FNLIJ
✈ Selecionado pela FNLIJ para a Feira de Bolonha
✎ Programa Nacional do Livro Didático
🕮 Programa Bibliotecas Escolares (MG)
๛ Programa Nacional de Salas de Leitura
▤ Programa Cantinho de Leitura (MG)
◎ Programa de Bibliotecas das Escolas Estaduais (GO)
† Programa Biblioteca do Ensino Médio (PR)
⌘ Secretaria Municipal de Educação/SP
⊠ Programa "Fome de Saber", da Faap (SP)
⚐ Secretaria de Educação e Cultura da Bahia
○ Secretaria de Educação e Cultura de Vitória

Venho de uma família em que "viajar é preciso, viver não é preciso"... Mas como para mim escrever é muito preciso, acabo unindo as duas paixões e... resultado: a maior parte de meus livros são aventuras em lugares fascinantes, como o desta história na França. Viajando se descobre o mundo e o que há dentro de nós. Expandimos nossos horizontes, ganhamos uma compreensão do diferente que nos leva à tolerância e a aceitar o outro tal como ele é.

A ideia de escrever este livro veio de uma viagem que fiz há dois anos. Passei uma semana na Provence, pedalando de 50 a 70 quilômetros por dia. Visitei cada um dos lugares e cenários aqui apresentados. O mais difícil foi subir até Les Baux e o mais fácil foi deixar a magrela rodar sozinha com o Mistral pelas costas.

Uma coisa que está sempre presente em minha obra (mais de uma dezena de aventuras juvenis) é o equilíbrio entre os personagens masculinos e femininos. As meninas são tão interessantes e inteligentes quanto os meninos. E não há personagens bonzinhos, todos são como nós: de coração grande numas coisas e pequenino noutras. Mas lutando por crescer e melhorar, que é disso que é feita a vida.

Não resisti, nesta aventura, de falar do ovo-bebê, uma experiência bem-sucedida que a Dra. Patrícia Cintra Schram, pediatra de adolescentes em São Paulo e em Nova York, me relatou. Cuidar do ovo-bebê nos ajuda a entender que há uma hora certa para cada coisa. Afinal, na vida há tempo para tudo, não há por que apressar experiências que nos levarão a perder outras tão ou mais importantes que aquelas.

Sobre o ilustrador:

O carioca Ivan Zigg é um artista polivalente.

Compositor e cantor, trabalhou em teatro e ilustrou mais de 100 livros infantojuvenis.

Para ilustrar *Aventura na França*, Zigg, que trabalha em casa, precisou cercar-se de fotos de Paris e da região da Provence. Ele conta que, durante as três semanas de trabalho, costumava deixar a mesa do café da manhã anunciando:

— Agora, com licença que eu vou à França.

E-mail para contato: Ivanzigg@uol.com.br

COLEÇÃO JABUTI

Adeus, escola ▼◆🗐⊠
Amazônia
Anjos do mar
Aprendendo a viver ◆⌘■
Aqui dentro há um longe imenso
Artista na ponte num dia de chuva e neblina, O ✻★⌖
Aventura na França
Awankana ✏☆⌖
Baleias não dizem adeus ✻🕮⌖○
Bilhetinhos ✪
Blog da Marina, O ⌖✏
Boa de garfo e outros contos ◆✏⌘⌖
Bonequeiro de sucata, O
Borboletas na chuva
Botão grená, O ▼✏
Braçoabraço ▼⚐
Caderno de segredos ❑◎✏🕮⌖○
Carrego no peito
Carta do pirata francês, A ✏
Casa de Hans Kunst, A
Cavaleiro das palavras, O ★
Cérbero, o navio do inferno 🕮☑⌖
Charadas para qualquer Sherlock
Chico, Edu e o nono ano
Clube dos Leitores de Histórias Tristes ✏
Com o coração do outro lado do mundo ■
Conquista da vida, A
Da matéria dos sonhos 🕮☑⌖
De Paris, com amor ❑◎★🕮⌘⊠⌖
De sonhar também se vive...
Debaixo da ingazeira da praça
Desafio nas missões
Desafios do rebelde, Os
Desprezados F. C.
Deusa da minha rua, A 🕮⌖○
Devezenquandário de Leila Rosa Canguçu ✈
Dúvidas, segredos e descobertas
É tudo mentira
Enigma dos chimpanzés, O
Enquanto meu amor não vem ●✏⌖
Escandaloso teatro das virtudes, O ✈☺
Espelho maldito ▼✏⌘
Estava nascendo o dia em que conheceriam o mar
Estranho doutor Pimenta, O
Face oculta, A
Fantasmas ⌖
Fantasmas da rua do Canto, Os ✏
Firme como boia ▼⌖○
Florestania ✏
Furo de reportagem ❑✪◎🕮⚐⌖
Futuro feito à mão
Goleiro Leleta, O ▲
Guerra das sabidas contra os atletas vagais, A ✏
Hipergame ✍🕮⌖
História de Lalo, A ⌘
Histórias do mundo que se foi ▲✏✪
Homem que não teimava, O ◎❑✪⚐○
Ilhados
Ingênuo? Nem tanto...
Jeitão da turma, O ✏○
Lelé da Cuca, detetive especial ☑✪
Leo na corda bamba
Lia e o sétimo ano ✏■
Luana Carranca
Machado e Juca †▼●☞☑⌖
Mágica para cegos
Mariana e o lobo Mall 🕮⌖
Márika e o oitavo ano ■
Marília, mar e ilha 🗐✐✏
Matéria de delicadeza ✏☞⌖
Melhores dias virão
Memórias mal-assombradas de um fantasma canhoto
Menino e o mar, O ✏
Miguel e o sexto ano ✏
Miopia e outros contos insólitos
Mistério mora ao lado, O ▼✪
Mochila, A
Motorista que contava assustadoras histórias de amor, O ▼●🗐⌖
Na mesma sintonia ⌖■
Na trilha do mamute ■✏☞⌖
Não se esqueçam da rosa ♠⌖
Nos passos da dança
Oh, Coração!
Passado nas mãos de Sandra, O ▼◎⌖○
Perseguição
Porta a porta ■🗐❑◎✏⌘⌖
Porta do meu coração, A ◆⚐
Primeiro amor
Quero ser belo ☑
Redes solidárias ◎▲❑✏⚐⌖
Reportagem mortal
romeu@julieta.com.br ❑🗐⌘⌖
Rua 46 †❑◎⌘⌖
Sabor de vitória 🗐⌖○
Sambas dos corações partidos, Os
Savanas
Segredo de Estado ■☛
Sete casos do detetive Xulé ■
Só entre nós – Abelardo e Heloísa 🗐■
Só não venha de calça branca
Sofia e outros contos ☺
Sol é testemunha, O
Sorveteria, A
Surpresas da vida
Táli ☺
Tanto faz
Tenemit, a flor de lótus
Tigre na caverna, O
Triângulo de fogo
Última flor de abril, A
Um anarquista no sótão
Um dia de matar! ●
Um e-mail em vermelho
Um sopro de esperança
Um trem para outro (?) mundo ✖
Uma trama perfeita
U'Yara, rainha amazona
Vampíria
Vida no escuro, A
Viva a poesia viva ●❑◎✏🕮⌖○
Viver melhor ❑◎⌖
Vô, cadê você?
Zero a zero

★ Prêmio Altamente Recomendável da FNLIJ
☆ Prêmio Jabuti
✻ Prêmio "João-de-Barro" (MG)
▲ Prêmio Adolfo Aizen - UBE
✐ Premiado na Bienal Nestlé de Literatura Brasileira
☛ Premiado na França e na Espanha
☺ Finalista do Prêmio Jabuti
☝ Recomendado pela FNLIJ
✖ Fundo Municipal de Educação - Petrópolis/RJ
✪ Fundação Luís Eduardo Magalhães
● CONAE-SP
⌖ Salão Capixaba-ES
▼ Secretaria Municipal de Educação (RJ)
■ Departamento de Bibliotecas Infantojuvenis da Secretaria Municipal da Cultura/SP
◆ Programa Uma Biblioteca em cada Município
❑ Programa Cantinho de Leitura (GO)
♠ Secretaria de Educação de MG/EJA - Ensino Fundamental
☞ Acervo Básico da FNLIJ
✈ Selecionado pela FNLIJ para a Feira de Bolonha
✏ Programa Nacional do Livro Didático
🕮 Programa Bibliotecas Escolares (MG)
✍ Programa Nacional de Salas de Leitura
🗐 Programa Cantinho de Leitura (MG)
◎ Programa de Bibliotecas das Escolas Estaduais (GO)
† Programa Biblioteca do Ensino Médio (PR)
⌘ Secretaria Municipal de Educação/SP
⊠ Programa "Fome de Saber", da Faap (SP)
⚐ Secretaria de Educação e Cultura da Bahia
○ Secretaria de Educação e Cultura de Vitória